カゲロウデイズⅢ

-the children reason-

じん（自然の敵P）

目次

コノハの世界事情

厚塗りされたような青空に、白雲がぺったりと張り付いていた。

随分嘘《うそ》くさく見えてしまうのは、僕がそれを本物だと認めていないからだろうか。

降り注ぐ太陽光線はジリジリとアスファルトを焦がし、ユラユラと大気を揺らしてゆく。

ただ、その暑さもアスファルトの匂《にお》いすらも、僕は感じることができない。


『もう気づいただろう。お前はもうこちらに存在することはできない。

女王のいない世界では、お前はただの残りカスだ』

「あぁ、また君か。なんだってそう決めつけたがるのかな……」


これは会話なのだろうか。それとも独り言なのだろうか。

少なくとも、こうやって意思疎通をするなんて、随分と久しぶりだ。

あちらに戻ればまた僕は、すべてを忘れてしまうだろう。

昔以上に輪をかけてノロノロ喋《しゃべ》ってしまうのは、どうにも恥ずかしいんだ。

街路樹の列の切れ目、目の前の交差点では、虚《うつ》ろな表情の少女がフラフラと横断歩道の上を歩いている。

もう何度この光景を見たのだろう。もう何度この光景を見送ったのだろう。

例に違《たが》わず手を伸ばす。余裕で届く距離なのだ。

『無駄だ。ここはお前の世界じゃない。すでにここは「彼ら」の世界なのだ。どちらかが見つけ出さない限り、どうすることもできない』

信号が点滅しているが、少女はまるでそれに気がつかない。

少女はもう目の前だった。抱きかかえられるほどの距離にいる。

だが、どうしても触ることができない。伸ばした手は少女をすり抜け、何の感触もないまま空《くう》を摑《つか》む。

「なんで……ッ！」

もう「その時」は激しいうなり声とともに目前に迫っていた。

途端、視界が激しく眩《くら》む。見せられていた映像が途端にエラーを起こしたかのようだ。

見下ろすと、すでにそこに僕の身体《からだ》は存在していなかった。

『どうやら、彼に決まったらしい。終わりだ。無理矢理紛れ込んだうえに、これだけの無理をして、それでもまだ存在できることを、お前の力だと思うなよ』

「……うん、君の能力なんでしょ？　こんなに強い身体にしてくれたのも。優しいね」

『お前が望む身体がそれだったというだけだ。勘違いするな。さぁ、もう戻るぞ』

「あ、あのさ。最期《さいご》に一つだけ。向こうの僕に、伝えてもらっていいかな」

『なんだ』

「××××××××××××」

『……約束はできんな』

「それでもいいよ。いろいろありがとう」

多分これが最期なんだろう、最期の最期まで、僕はノロマだったなぁ。

あぁ、もしもう一個だけ願いが叶《かな》うなら、

ノロマな僕を叩《たた》いてくれた、

あの子に……

カゲロウデイズ01

何処《どこ》からともなく「夕焼け小焼け」が鳴り響いた。

先刻には青く透き通っていた空も、まるでそのメロディが染み付いていくかのように、ゆっくりと濃いオレンジ色に染まっていく。

遠く、ガラス越しに見る緑の山々は、いつもと何一つ変わらぬ面白みのない荘厳さを漂わせていた。

不規則に隆起した道を「ガタゴト」と不穏な音をたてながら進むバスの乗客は、いよいよ自分だけになってしまった。

先ほどの停留所で降りた同級生が特段親しい友人という訳ではないが、いつも一人になるこの瞬間に合わせるように流れ出す「夕焼け小焼け」のメロディが、否が応にも孤独感をかき立てる。

少しでも間が持てばと座席から所々飛び出しているスポンジを毟《むし》りながら、改めて外の風景を眺めるも、何かの農作物を敷地いっぱいに茂らせた畑を背景に、古ぼけた電柱が定期的に視界を横切っていくだけだった。

とてもではないが暇をつぶせるような代物ではない。

溜《た》め息をついて目を瞑《つぶ》る。

こんな時携帯電話が自由に使えれば、どれだけ素晴らしいだろう。

ふと、いつか友人の家のテレビで見た都会の電車内の映像を思い出す。

皆が一様にタッチパネル式の携帯電話を凝視し、それぞれが完全に自分の空間に入り込む異様な光景。

ブラウン管越しに観たそんな風景は、こんな片田舎《かたいなか》の小学生に大きな憧《あこが》れを抱《いだ》かせるには、十分なものだった。自分とそう年齢も離れていないような子供ですら、都会では携帯電話を片手に、何処へでも行けるのだ。

友人と遊ぶ時なんかもきっと携帯で連絡を取り合うのだろう。夜にはそんな友人とメールや電話で楽しくコミュニケーションを取り、インターネットで同じ情報を共有し、盛り上がることができるのだ。

そんな憧れから、学校帰りに近所の電器屋に立ち寄ったこともあった。

お金を使う娯楽なんてものが酷《ひど》いほどに少ないこんな田舎では、年始に貰えるお年玉も阿呆のように貯《た》まる。

過去の自分はそんな不憫《ふびん》なお年玉を握りしめ「携帯電話ください！」と意気揚々、電気屋に乗り込み、そもそも携帯電話がなんだかもよくわかっていない店主を前に、散々説明をしたものだ。

もちろん手に入れることはできず、代わりにゴツい骨董品《こっとうひん》のような電話機を勧められたのも、一つの人生経験としては有益だったのかもしれない。

が。

人生経験なんてものは、今、現状、まったく必要としていない。

そんなものは要らないから携帯電話をよこせ、と懇願するにしても、誰にすればいいものか。

例えばあの頑固な両親にそんなこと言おうものなら「二十年早い」と家の外に閉め出され、闇夜《やみよ》に迫り来る野犬の恐怖に怯《おび》えさせられることになるだろう。

もちろんそんな不毛なサバイバルはご免だ。そんな両親に内緒で買おうにも、そもそもここでは買うことができない。

都会に行く機会でもあればいいが、都会住まいの親戚もおらず、年末年始、まして先のお盆なんてもちろんのこと、この田舎から出ることはないだろう。

誰かに譲ってもらうというのはどうか。

いや、そもそもそういったことができる代物なのだろうか。

携帯電話に関して、知っていることと言えば「通話機能」「メール機能」「インターネット」が使えるということくらいだ。

というのも原因はあの両親に起因する。

子供独りでテレビを観ようものなら全力で怒鳴り散らす現代社会へのレジスタンスのようなあの両親のせいで、周りの話題にはついていけないし、流行どころか当然の社会常識すら知らないという場合が多々ある。

しかし携帯電話くらいならポケットに収まるようなものだし、両親にもそうそうバレることはないだろう。

よって、買ってしまえばこっちのものだと言っても過言ではない。

問題はそれをどうやって入手するかだが、現状のままではいささか情報不足過ぎる。誰かに聞くのが得策だろう。

だが……。

「それができたらどれだけ幸せか……」

溜め息とともに、思いの丈が口から漏れ出した。

そう、相談できる人物はいるのだ。

厳密には相談が「可能」というだけで、とてもではないが迂闊《うかつ》に相談なんぞできるような人物ではないのだが。

彼女「朝比奈日和《あさひなひより》」は、それほどまでに近寄り難く、接し難い存在だった。

この田舎ではTOP3に入るほどの富豪の娘である彼女は、幼い頃からピアノ、華道、バレエなどさまざまな習い事をしており、何かの発表会の際などに、定期的に都会に出向いているらしい。

さらに、以前彼女が可愛《かわい》らしい携帯電話を、まるで見せびらかすかのようにいじっている姿を、遠目だったが確かに見たことがある。

きっと彼女は都会であれを買ったのだろう。その点からも、携帯に関する疑問を相談するのにはうってつけの相手だ。

しかし、そんな答えにはすでに、とっくの昔に辿《たど》り着いている。

大きな問題は、朝比奈日和が超が付くほどの気分屋であるということと、自分がそんな彼女に超が付くほどに惚《ほ》れてしまっているということだ。

「片田舎の何の面白みのないこんな辺鄙《へんぴ》な土地だが、一つだけこの世のどんな場所にもない、素晴らしい部分がある。それは朝比奈日和を育《はぐく》んだことだ」

あるクラスメイトは数週間前、そういった内容をしたためたラブレターを朝比奈日和に手渡すも「キモッ……」という壮絶なスーパーお断りを喰《く》らい、無惨にも昇天して行った。

いや、確かにキモいが、わかる。

そう言っても過言ではないほどに、朝比奈日和はかわいい。クラスメイトの誰よりもというレベルではなく、雑誌やポスターの子役やモデルなんかよりも段違いにかわいい。

当然、男子からの人気もべらぼうに高く、その人気たるや巷《ちまた》で「この村の男子は朝比奈日和に恋をして、やっと大人になれる」だの「石を投げれば朝比奈ファンに当たる」だのと言われるほどだ。

そしてかく言う自分も完全な朝比奈ファン……いや、朝比奈中毒者といっても過言ではないだろう。そんじょそこらの「にわかアサヒナー」には、「愛情度」「信仰度」「グッズ所有度（非公式）」などなど何処を切っても負ける気がしないのだ。

一流アサヒナーの朝は早い。

午前六時、起床一番に所有している「四十八の朝比奈グッズ」の一つでもある「ふわふわヒヨリ編みぐるみ（自作）」に笑顔で挨拶《あいさつ》をし、朝食中はその日一日の「朝比奈日和タイムスケジュール」を眺めながら「朝比奈エンカウント率」を算出。もっとも出会う可能性の高い場所を確認する。

登校直前には、厳選された「朝比奈日和トレーディングブロマイド」の中でも特にお気に入りの一枚を選び抜き、しっかり定期入れに収めたのち、笑顔で登校。

学校内では常に空気に漂う「朝比奈フェロモン」（個人によって体感は異なるが、この場合は「なんかいい匂い」）を嗅《か》ぎ分け、仮にその姿をみつけることができた場合は、常に笑顔で観察。

その際、運よく接近できたとしても、軽々しく挨拶などしてはいけない。ここが真のアサヒナーと、そうではない者の差が出る部分だ。

こんな場合、にわかアサヒナーどもは無理に会話を始めようとし、浮ついた口調で必死に興味を引こうと喰らいついていくものだが、朝比奈日和にとって、それは大きな逆効果にしか過ぎない。

つい今朝方《けさがた》も、そのような男が朝比奈に接近していくのを、歯を食いしばりながらに目撃していたのだが、案の定、朝比奈は伝家の宝刀「キモい。邪魔」の一撃で、見事なノックアウトをかました。

その後、失意のその男は、朝比奈親衛隊の中でも特に過激派な連中に、体育館倉庫へと引きずられて行ったらしいが、一体その場で何が行われたのか、精神衛生上、下手《へた》な想像はしないに越したことはない。

よって、プロアサヒナーはそういった不埒《ふらち》な行為は働かない。彼女を遠くから見つめ、その美しさに恩恵を授かり、明日の生活への活力とする。いわば聖職なのだ。

というところから、そんな聖職に身を置く自分が、何をどう間違ったら朝比奈日和に下らない相談などできるのか。要はそう言うことである。彼女に僕のために何かをしてもらうなんてことは、望んではいけないことだ。

が。

心に潜む邪《よこしま》な欲望というのは、常に囁《ささや》き続けるものだ。

そう、この携帯電話欲求の根底に密《ひそ》かに隠した願望。

『……朝比奈日和とメールがしたいのだ』

いや、メールだけなんてことはない。電話もしたい。バス通学の際はもちろんのこと、なんなら毎晩のように誰にも知られぬような密な交流をしたい。

「したい……」

募った思いは、口から零《こぼ》れ出るほどだった。目を瞑《つぶ》りぎゅっと拳《こぶし》を握るも、その夢は遥《はる》か遠く、とてもこんな貧相な細腕では届かぬということを、改めて実感する。

「いや、したいのはいいんだが、君の降りるとこなんだけどもね」

ふいに投げかけられたそんな言葉とともに、思考は一気に現実の世界へと引き戻された。

無防備だったところへの急な投石は、一体何者の仕業《しわざ》なのかと声のする方を見上げると案の定、にやけ顔の運転手が「面白いものを見た」と言わんばかりにこちらを見下ろしていた。

考えを巡らすまでもなく、羞恥心《しゅうちしん》が沸き上がる。

「わっ……す、すみません！　降ります！」

いくら急ごうと先ほどの醜態が消えるなんてことはないのだが、堪《たま》らずバタバタと席を立つ。とは言っても、下車時には必ず定期券を見せるのが決まりなので、立ち上がったところでモタモタと鞄を開けることになってしまった。

「えっと、定期定期……あれぇ⁉　どこしまったかな……いや！　持ってますよ⁉　ちょっと待ってくださいね……」

鞄を隅々まで漁《あさ》るも、今朝確かにしまったはずの定期券はこつ然と消えてしまっていた。

「やば……家に忘れて来た⁉　そんなはずは……」

先ほどの醜態晒《しゅうたいさら》しからのこの事態。頭の中はすでに羞恥によって完全に真っ白になってしまっていた。

「あぁ？　なぁんだ。一日くらい別にいいってことよ。あんた毎日毎日ちゃんと見せてくれってっから、疑ったりしねえって」

見兼ねた運転手はポンポンと僕の頭を撫《な》でるとニッコリと微笑《ほほえ》んだ。心に安堵《あんど》の風が吹き込む。

あぁ、なんていい人だろう。さもすれば「無賃乗車だ」と連行されても文句は言えないのに、この人の良心にすっかり命を救われてしまった。

「い、いいんですか⁉　すみません、明日はちゃんと持って来るので……」

「おう！　気にすんな気にすんな。それより坊主……」

頭を撫でるのを止《や》めた運転手は急にシリアスな顔つきになり、目をギラリと輝かせた。

「え？　あ、はい、なんでしょう？」

再び訪れた不安感に心臓がギュッと縮こまる。やはり、定期を忘れたのはマズかったか……。

「いやぁ、さっき『したい……』ってぼやいてたけどよぉ。おっちゃんも坊主くらいの時の頃はそりゃあ毎日したくてしたく」

「ありがとうございました‼　ではまた‼‼」

運転手が悍《おぞ》ましい勘違い発言をし終わる前に、脱兎《だっと》の如《ごと》きスピードでバスを飛び降りた。

着地して即座に、正面に佇《たたず》むすっかり古ぼけた屋根つきの停留所を右折。

夏草が生え放題になった歩道を、駆け抜ける。

遠方から「気ぃつけてかえれよ～」と声が聞こえるが、あのオヤジは危険だ。非常に危ない。なんだかよくわからないが、確実に危険だ。一刻も早く忘れ去らなければ。

駆ける足の速度をゆるめ、上体を起こすと、延々と延びる片側一車線の道路の遥か遠方、薄い黒色となった山々は徐々に太陽を飲み込み始めていた。


いよいよ陽《ひ》が沈むのも遅くなった。

夜はまだまだ冷え込むが、この時間でもほのかに日中の残温を纏《まと》った空気は、近づいた夏の気配を肌に感じさせる。

「今年の夏は何しようかなぁ。去年はずっと畑手伝ってたっけ。今年は勘弁だなぁ……」

この片田舎から脱出できず早十数年。思い浮かぶ夏のイメージと言えば、猛暑の中、泥にまみれた畑仕事の記憶だけだ。

「どっか旅行になんて……まぁ無理か。貧乏だし。でもきっと……」

朝比奈日和は何処か、素敵な夏を堪能できるような場所に旅行に行くのだろう。なんとなくだが、そんなことを確信していた。

自分とは住む世界も、立場も、何もかもが違う彼女は、きっとこんな凡百な自分なんかには想像もできないような景色を、見続けてきたのだろう。

わかっている、だからこそ憧れ、惚れてしまっているのだ。

夕日を浴びて、一面オレンジに染まった広大な畑を見渡しながら、そんなことを考えていると、人里から少し離れた小さな我が家が、だだっ広い畑の向こう側で、小さな煙突から細々と煙を吹いている姿が見えた。


最後にこの村を出たのはいつだっただろうか。思い出せないということは、恐らくそれだけ昔のことなんだろう。

そしてまだたった十数年の人生だというのに、思い出せないほどに、味気のないものだったのだろう。

次にこの村を出るのはいつになるのだろうか。

ふと、朝比奈日和と電車に乗り、行く先に思いを巡らし、笑い合っている未来を想像した。

ズキンと胸の辺りが警告を出す。「あり得ない」と、もう無意識にわかってしまっているのだ。

「だからって、そう簡単に諦《あきら》められるかって……」

小さく溜め息をついて、残り少なくなった帰路を駆け出す。

虚勢を張った僕に、何処かから「焦ってるんじゃないか」と嘲笑《あざわら》う声が聞こえたような気がした。

＊

「も、もうちょい……」

慎重に、魂を吹き込むように、一針一針に想いを込める。

「可愛くしてあげるからな……」

時刻は二十二時になる頃だった。

ありがたいことに、母親が毎日親切丁寧《ていねい》に掃除してくれているこの部屋は、今日も清潔感で溢《あふ》れていた。

帰宅してからというもの、窓際に置かれた勉強机に腰掛け、少し縫っては眺め、また少し縫っては癒《いや》され、という流れをかれこれ四時間ほど続けて今に至る。

そう、何を隠そう総制作期間がゆうに三ヶ月を越える大作「おしゃべりヒヨリ編みぐるみ」がいよいよ、あともう少々で完成というところにまで辿り着いたのだ。

「これはアサヒナーの歴史を変えるぞ……！」

思わず感嘆の声が漏れるほどのその出来映えに、我ながら鳥肌が立つ。

愛くるしくも、常に人を寄せ付けない雰囲気を纏った顔つき。可愛らしく整えられた黒髪に、ワンピースタイプのスカート。すでに彼女の私服は網羅しているが、今回はその中でも最も彼女が気に入っているであろう、この服装をチョイスした。

極めつけは、携帯電話を購入しようと乗り込んだ電器屋さんでみつけたこのテープレコーダー。

これに、朝比奈日和の前を何週間にも渡って通り過ぎることで録音した彼女の声を収めたテープを入れ、背中のジッパーから内部に装着することで、あたかも擬似的に会話をすることができるという寸法だ。

制作時に掲げたテーマである「目一杯のオシャレをして、都会へお出かけ！」に向けて一点のブレもなく制作を敢行した今作は、今までのアサヒナーの常識を過去のものへと変えることになるだろう。

そんな超大作があと一針……あと一針で完成というところまで来たのだ。

一度手を休め、目を瞑る。

思い返せばこの三ヶ月は、自分の人生にとって一番の大旅行だったのかもしれない。

いや、もちろん脳内での出来事だが、制作意識を高めるため、朝比奈日和とともに全国のさまざまな場所を旅する妄想をすることで、擬似的にもう日本を三周ほどしてしまっている。

「……よし」

そんな思い出に耽《ふけ》るのも束の間、いよいよ最後の一針を縫うべく、再び意識を集中させる。

「これで……ついに……！」

「ヒビヤ～！　電話‼　降りてらっしゃい‼」

いきなり響いた母親の大声に手元が狂い、無惨にも、振り下ろした針は「おしゃべりヒヨリ編みぐるみ」の胴体へと突き刺さった。

「ぎゃあああああああ‼‼」

あまりの出来事に堪らず大声が出る。集中し、研ぎすまされていた脳内では、朝比奈日和の胴体に巨大な鉄の棒が突き刺さるイメージが展開される。

「な、なんてことを……僕は……僕は……！」

ワナワナと手を震わせ、そのまま顔を覆う。

脳内では腕の中、自身の呼びかけも空《むな》しく、朝比奈日和が今際《いまわ》の言葉を何か言っているが、正直あまりにも会話の記憶がないため、具体的な言葉は想像付かず、雰囲気だけのものとなった。

「ヒビヤ～!!　早く降りて来なさいったら!!」

母親の残虐な呼び声に、いよいよ拍車がかかって来たため、ここらで切り上げて、早々に降りるとする。

「あ～もう、わかったよ！　今行くから！」

丁寧に「おしゃヒヨ」を机の上に置き、くるりと椅子《いす》を回転させドアに面と向かう形にして、飛び降りる。

ドアを開け、ギシギシと執拗《しつよう》に軋《きし》む階段を駆け下り、一階廊下に設置された電話機まで辿り着くと、ダイヤル式の古びた電話の受話器は、ぶっきらぼうに台の上に転がされていた。

「なんだよこんな時間に……ってそもそも誰だ⁉　なんで母さんそういうとこちゃんと言

ってくれないかなぁ……」

疑問は残るも、とりあえず受話器を取り、話しかける。こんな時間に電話なんてよこす奴だ。ろくな人間ではない。ぶっきらぼうに出てやるくらいの方がちょうどいいだろう。

「あ〜、もしもし？　ヒビヤですけど誰……」

「おっそい」

思い切りぶっきらぼうに出てやったつもりだが、それを上回る電話相手のプロ級のぶっきらぼうさに思わず気が動転する。

そして、相手が発したそんな一言の「声」に、態度なんてものがどうでもよくなるほどの、圧倒的にとんでもない衝撃を受けた。

「え？　なん……」

「遅いって言ってんの。今立ったまま電話してるんだよね。だからすっごく疲れるんですけど」

この態度、声、間違いない。間違えようもない。

いつもと何一つ変わらぬ朝比奈日和は、いつもと変わらぬ傍若《ぼうじゃく》無人《ぶじん》な態度で受話器の向こうに存在していた。

「ちょっと聞こえてる？　もしも〜し。お〜いったら」

「あ、朝比奈サン⁉　き、聞こえてるよ‼　うん！　すごい聞こえてるよ‼」

あまりのことに、頭が機能していなかった。

朝比奈日和の投げかけに、脊髄反射《せきずいはんしゃ》で会話を返してしまう。

「な、なにそのテンションキモ……。あ〜、まぁいいや。ちょっとあんたに相談したいことがあるんだけど」

「そ、相談……？」

「うん、相談。ってよりかは取引？　まぁどっちでもいいんだけど」

誰がこんな展開を予想していただろうか。バスの中にいた僕よ。「したい……」とか言っていた僕よ。

叶ったぞ、おい。

しかし、こんな深夜に何を相談するというのだろうか。

「僕でいいなら全然大歓げ……あ、いや、大丈夫だけど、相談って何？」

「あんた定期落としたでしょ？　今日学校の廊下で拾ったんだけど、あんたの名前書いてあったから」

それは随分とわかりやすい理由だった。「おしゃヒヨ」の制作に没頭していたせいか、もうすっかり忘れてしまっていた定期券の所在だったが、まさかこんな形で明らかになるとは。

いや、思い返せばあの運転手のせいでもある。

あの卑猥極まりない運転手の存在を忘れようとし過ぎたため、定期券の存在ごと記憶の彼方《かなた》に抹消してしまっていたのだ。

しかし、これで合点がいった。

なるほど、落とし物を拾ったことをわざわざ伝えるために電話をくれたのか。なんと優しいのだろう。やはり朝比奈日和は天使……

……いや、まて。

何か重要なことを忘れている気がする。何かとんでもないことを……

——登校直前には、厳選された「朝比奈日和トレーディングブロマイド」の中でも特にお気に入りの一枚を選び抜き、しっかり定期入れに収めたのち、笑顔で登校。——

「……ねぇ、ちゃんと聞こえてる？　さっきから変に間が空いてイライラするんだけど。で、あんたの定期にさぁ……」

「ボクノジャナイヨッ！」

「は？」

水たまりができるのではないかというくらいに、怒濤《どとう》の汗が噴き出す。

「マズいマズいマズいマズいマズいマズいマズいマズいマズいマズいマズいマズい」と脳内で「マズい祭」が大賑《おおにぎ》わいを起こし、中心のやぐらでは今まさに、磔《はりつけ》にされた雨宮響《あまみやひび》也《や》の首筋にギロチンが振り落とされようとしていた。

マズい。

とにかくマズい。

よりにもよって今日定期入れに入っているブロマイドは、春風に少しめくれたスカートが少々いかがわしくも堪《たま》らない、究極にマズい一枚だ。

そんなものを定期に入れ平然と生活しているのが、当の本人にバレてみろ。すべてが終わる。綺麗《きれい》さっぱり跡形もなく。

何が「おしゃヒヨ」だアホか。自主的にデカい墓穴掘り過ぎだろ。

　なんとかしなくては……なんとか……。

「いや、だってこれあんたの名前入ってるし。っていうか落としたこと気付いてないとか……どうやってバス降りたの？」

「お、同じ名前の人じゃないかな～？　ほら！　雨宮響也なんて名前の人は何処にでもいるだろうし」

「あんた以外にいないってこんな変な名前。それよりもさぁ。この定期入れの裏に入ってたやつなんだけど……」

　どうしようもなかった。脳内での「マズい祭」のボルテージが最高潮を迎える。

　やぐらの上では、覆面を着け、ふんどしを巻いた屈強な男たちが「キリキリ」と、ギロチンの縄に剣をあてがい始めた。

　壇上で雨宮響也は何かを悟ったような、気持ちのいい表情をしていた。

　もうダメだ。もう何を言っても言い逃れはできない。ならばせめて、潔い最後にしよう。

「これって……」

「あ、あぁそうだよ！　叶わないことぐらいわかってるけど、好きなんだから夢見るくらいいいでしょ⁉」

　正直に気持ちを伝えたつもりだったが、なんだか屈折した言い方になってしまった。

人間覚悟を決めたつもりでも、何処かで保身してしまうものなのか。

「え、なに熱くなってんの……？　キモいんですけど」

そして例に倣《なら》ってその想いは儚《はかな》く砕け散った。

アサヒナー人生最後になるであろう、熱い涙が静かに頬《ほお》を伝う。

目を瞑ると、今の自分と同じように儚く散っていった男達が、一糸まとわぬ姿で空から迎えに来てくれていた。


今まで散々馬鹿にして悪かったな。さっさと一緒に連れて行ってくれ。

できればブロマイド数枚と編みぐるみだけは持って行かせてはくれないか。


などという下らない妄想で、自身の死に様を美化しようとしていると、朝比奈日和の口から、思いもよらない言葉が飛び出した。

「なんで叶わないとか、決めつけてんの？　人がわざわざ叶えてあげようと思って電話してるのに」

「はぇ？」

今年度始まってTOP3に入るだろう不気味な返事をしてしまうほどに、朝比奈日和の

その言葉は理解に苦しむものだった。

しかし、今確かに「叶えてあげる」と言ったはずだ。一体どういうことだ⁉

「叶えてあげるって……それってもしかして……」

「いや、だからそのまんまの意味だって。あんたの熱心な気持ちはわかったから、叶えてあげるって言ってんの」

脳内「マズい祭」会場、中心に位置するやぐらが、大爆発とともに木っ端《こっぱ》みじんに吹き飛んだ。

磔にされていた雨宮響也は、なにかの超パワーに覚醒したかのように気を纏い、今まで自身を追いつめていたギロチンの刃を、まるで飴《あめ》細工のように握り溶かす。

「ほ、ほほホントに⁉　え、えええええマジで⁉　そういう感じだったの⁉　ええええええいいの⁉」

「声がデカいうるさいキモい‼　何度も言わせるな！」

「は、はい‼」

「よろしい。まぁ、そうなるのもわかるけど。で、そんなに欲しいの？　だってずっとそのことばっか考えてたんでしょ？」

予想外の過激発言に、異常なまでの動悸《どうき》が起こる。今日はなんて心臓が忙しい日だろうか。

「欲しいの」⁉　そんなことを言っていいのか⁉　最近の世間はそういうアレが許される感じになっているのか⁉

いやいやいや、何を考えている。そんなふしだらなことはダメだ。猿ではないかそんなもの。非常によろしくない。

「いや、超欲しいっす」

思考の結果、雨宮響也は猿になることを享受した。

こんなチャンスに誰がいい子ぶるか。

あぁん⁉　不埒⁉　そんなもの知るか‼

「定期に入れて持ち歩くほどだもんねぇ。よっぽどだなぁとは思ってたけど。じゃあ叶えたげる」

「い、いいの……？　マジで……⁉」

一時溢れ出していた汗が、見事に鼻血にコンバートをしていく。

先ほど迎えに来ていた裸の男たちが、般若の形相でこちらを睨《にら》んでいるが、もちろん知ったことではない。化物どもめ。消え去るがいい。

「でも一つ条件。あ、これがさっき言ってた取引ってやつなんだけど、私からのお願いを一個叶えて欲しいわけ」

朝比奈日和はやけに淡々と、そう念を押した。普通こういうような話というのは、多少恥じらいだとかそういう反応があってもいいものじゃなかろうか。いや、やはり自分が無知なだけで、最近の恋愛情勢というのはかなりドライなものなのかもしれない。

しかしそんなファッション感覚、上辺《うわべ》だけの恋愛などにはしてたまるものか。そうだ、きっと彼女は照れくさいだけのシャイガールなのだ。ここは男である僕がしっかりリードをしてあげねば。

「もちろんだよ！　僕にできることならなんだってするさ！　任せて！　で、どんなお願い⁉」

「や、やけに勢いがいいわね……。まぁ、取引って言っても、結局あんたの『要望』のためでもあるんだけどさ。っていうかそもそも夏休みって暇？」

「暇だよ！　うん！　家の手伝いくらいで特にこれといった予定は入ってない！」

「そ、そう。じゃあ、夏休み全部予定空けておいて。都会に行くから。あ、私たち二人だけでね」

「え？」

　ある程度の難題はこなしてやろうと身構えていたが、朝比奈日和の要求はとんでもなスケールの大きいことだった。

「近所にデートに行こう」程度のお願いならまだしも「都会に行こう」だなんて「ちょっとオシャレな沢を見つけたからオニギリでも食べに行こうよ」レベルの誘い文句が横行するこんな田舎では、高校生だって中々口にしない。

　しかも「二人きりで」なんて、冒険もいいところだ。とてもじゃないがお気軽に応《こた》えられるような話ではないのだが……。

「と、唐突になんでまた都会なの？　しかも二人きりって……」

「別に、ちょっと欲しいものがあって都会に行きたいから『荷物持ち係』ってことで誘ってあげてるだけだけど。なに？　私と行くのは嫌ってわけ？」

「い、いやそんなまさか！　でもその……うちの親めちゃくちゃ厳しいからお金とか……」

「いいわよそこら辺は。うち無駄にお金持ちだしあんたの分くらい面倒みてあげるわ。まぁ、親にも内緒で行くつもりだから……あ！　あんたももちろん内緒だからね。誰にも言っちゃダメよ？」

「親にも内緒で⁉」

「そ。そもそもあんたの『要望』叶えるんだったらそっちの方が都合いいんじゃない？親厳しいんでしょ？」

その通り、女の子と付き合うだなんて報告、恐ろしくてできるものか。「親に内緒で好きな子と旅行」。確かに僕の要望は見事に叶う訳だ。

なるほど、朝比奈日和の家が裕福だということは、ここら一帯では有名な話だし、子供二人分の旅費を出すくらいは訳ないのかもしれない。


しかし。

ただ欲しいものを買うために都会に行きたいのであれば、それこそ親に頼めばいいではないか。

僕の要望を叶えるため……というのもいまいちしっくり来ない。別にわざわざ都会に行かなくても、村の中でちょっとデートをするようなことでも、僕としては十分に満足だ。

何故《なぜ》わざわざ危ない橋を渡って、僕と二人きりで都会に行くことを望むのだろうか。その解として恐らく、最も正しいと思われる答が、すでに頭には浮かんでいた。

「……そこまで僕にベタ惚れってことか」

「え？　なんか言った？」

「あ、あ〜いやなんでもないよ！　うん！」

自己陶酔に浸りかけていた頭を、キリッと切り替える。

ようするに朝比奈日和はどうしようもないほど僕に惚れてしまっているのだ。

そんな想いを募らせていたところに、僕の名前が書かれた自分のブロマイド入り定期なんて拾ってしまったものだから、今のように「相談」や「取引」という言葉を使って、近づこうとしてくれているのだろう。

恐らく、表向きには僕の願いを叶えてあげるという大義名分を掲げながら、もしかすると本心では今すぐにでも抱きつきたいと思っているのかもしれない。

「二人きりで遠くに行きたい」なんてお願いをしているのがいい証拠だ。「荷物持ち係」なんてことを言ってはいるが、要するに僕と二人で遠くに行きたいという欲求の照れ隠しなのだろう。

「わかった。君の気持ち、ちゃんと受け止めるよ……！」

「な、なんかキモいわね……。いい？　あんたもあんたで私の欲しいもの手に入れるために協力するのよ？　役に立たなかったら即帰ってもらうんだから」

相も変わらず朝比奈日和はツンと澄ました態度を取っているが、それが愛情の裏返しだと思えば思うほど、愛らしく思えてくるものだ。

しかし「欲しいもの」とは一体なんなのだろうか。

もちろんそんなものは口実である可能性も大いにあり得る訳だが……

「あ、うん！　もちろん……だけど、その『欲しいもの』ってなに？」

「え？　最近流行《はや》りの新人アイドルのサインだけど。観たことない⁉『あなたの心を虜《とりこ》にする、天真爛漫《てんしんらんまん》十六歳‼』ってＣＭ。私あの人すっごく好きでさ～。ホント可愛いんだよ⁉」

「あ、いや、テレビ観ないから知らないけど……へ、へぇ～そうなんだ……」

一気に心が冷え込んだ気がした。

そのアイドルの話をし始めた途端に熱を帯びた朝比奈日和の口調は、「一緒に遠出デートをしたいのだろう」なんて浮ついたことを考えていた僕に、現実を直視させるには十分だった。

考えてみれば当然だ。僕との時間が第一目的のはずがない。夢の見過ぎもいいとこだ。

それにしても、どんなアイドルだか知らないが、ここまで朝比奈日和の心を虜にするとは、恐るべし。

「で、でもそんな有名な人のサインなんてなかなか手に入らないんじゃないかなぁ……」

「ふっふっふ。普通はね。でも今回手に入れるチャンスが訪れたのよ」

朝比奈日和はもったいぶるように、少々演技っぽくそう言った。

「チャンス？　サイン会のチケットとか？」

「違う違う。っていうか、そもそもあの人サイン会とか全然しないんだよね。なんか人気過ぎて何処でやってもとんでもない人だかりになっちゃうらしくて」

新人アイドルにもかかわらずサイン会も行えないほどの人気とは、一体どれほど絶世の美女なのだろうか。

いや、そんなものたかが知れている。

朝比奈日和に勝る美しさを持った女性など、この世にいるはずもない。

しかし、サイン会も行えないとなると、いよいよサインなんて夢のまた夢ではないか。

まさか「どんな手を使ってもいいからあんたが考えて貰って来なさいよ」などと言われるのでは……。

「まぁ、タネ明かしをすると私のお姉ちゃんの旦那さんが学校の先生でさ。なんとそのアイドルの人が生徒なんだって！　こないだその人から電話がかかって来た時に『サイン貰ってあげるからお盆に遊びに来なよ』って言われちゃってさ〜。で、まぁついでに観光も兼ねて遊びに行こうって思ったら、両親が『勉強もしないでなに訳のわからないこと言ってんの〜』とか怒り出したわけ」

「それで親に内緒で旅行って訳ね……」

「そ、そういうこと。でも一人で都会に行くの初めてだから、なんとなく荷物持ちであんたを誘ったって流れよ。理解できた？」

確かにそれなら『二人で旅行』だなんてとんでもないことを言い出したのにも納得が行く。

そのアイドルとやらの知り合いの親戚がいるのであれば、サインも高確率で手に入るだろうし、何より宿にも困らない。

朝比奈日和の性格上、親に叱《しか》られれば自分一人でも行こうとするだろうし、そういった点からも、「親に内緒で二人っきりで」という意味が明確になって来た。

そうするといよいよ……

「こ、これって一緒に行くのが僕である必要性……ある？」

「え？　ないけど。強《し》いて言えば言うこと聞きそうだったから？」

「ドスッ」となにか鋭いものが心臓に突き刺さった感触。あっけらかんとした朝比奈日和の態度を前に、先ほどまで「ベタ惚れということか……」などと宣《のたま》っていた、雨宮響也の笑顔は見事に霧散する。

案の定、朝比奈日和の目にはアイドルのサインしか映っておらず、それ以外のモノに何ら関心を示している様子はない。

ということは、結論。朝比奈日和に特段、僕に対する恋愛感情はないということだ。

先ほどまで脳内「マズい祭」会場跡地にて、男どもの覆面をちぎっては投げ、ちぎっては投げの殺戮《さつりく》ショーを繰り返していたスーパーヒビヤは途端に縮み、ガクッと膝を落とした。

「でも……僕の要望を叶えるって……それって本意じゃないってこと⁉ そういうことってそんな簡単には……」

「だからあんたさっきからなに言ってんの？ 携帯買うの付き合ってやるのに本意も何もないでしょ」

携帯？

何故いきなり携帯電話の話になったのだろうか。今までの会話の中に携帯電話に関する話題は上がらなかったはずだ。

待て。

とりあえず一つ一つ会話の流れを紐解《ひもと》いてみよう。

朝比奈日和は、僕の定期入れを拾い、中に入れていたブロマイドを発見。それを見て「熱意は伝わったから叶えてあげる」と確かに言った。

そして忘れるはずもない「欲しいの？」とまで言ったのだ。いや、絶対に忘れない。

それが何故携帯の話題になる？

そんな要素は一つもないはずだが……

「……あっ」

ふと頭に浮かんだ一つのいやな仮説に思わず声が漏れる。

それは、まるで足りなかったパズルの一ピースのように、それだけで現状の違和感を解決するのには、十分なもののように思えた。

思わず廊下に置かれた全身鏡に目をやると、当然そこに映る自分は学校から帰宅してそのままの格好だ。

慌てていつも定期券を入れてある胸のポケットに手を突っ込むと、同じようにいつも胸ポケットに忍ばせておいたあるものが、消滅していることに気がつく。

「あんた定期入れにチラシの切り抜き入れるくらい携帯欲しかったんでしょ⁉　わざわざそれ叶えるために都会に連れてってやるって言ってんのに、何でいちゃもんつけられなくちゃいけない訳？」

その瞬間、自分の愚かな勘違いはハッキリと姿を現し、同時に有頂天だった心はものすごい勢いで地に叩き付けられた。

朝比奈日和が見たのはブロマイドなんかではない。

いつか朝比奈日和と話す機会があった時、話題にできるようにとなんとなくいつも胸ポケットにしまっておいた、携帯電話のセール情報が書いてある、どこかのデパートのチラシだったのだ。

何故今の今まで気付かなかったのだろう。

突然の朝比奈日和からの電話に動揺してしまっていたのは事実だ。

しかしあまりにも酷い勘違いをしてしまった。

なにが「シャイガールなのだ」だ。なにが「超欲しいっす」だ。クソドスケベ野郎め死んでしまえ。

つい先刻のことを思い出すだけで「うわああああああああ!!!」と叫び回り、柱に頭を打ち付けたくなるが、ここに来てもまだ一つの、というより一番の疑問が解決していないことに気がつく。

「……定期入れってチラシの他になんか入ってた?」

恐る恐る聞くと、朝比奈日和はもう呆《あき》れ疲れたかのように一度溜め息をつき、ぶっきらぼうに話し始めた。

「大事なもの? チラシ以外にはなんも入ってなかったけど……なに? なんか大事なものでも入れてたの?」

「いや、はい。まぁ……」

やはりだ。朝比奈日和はトレーディングブロマイドを持ってはいない。

それはそうだ。仮に手にしていたとしたら、彼女が電話をかけるのは僕ではなくて警察署の少年犯罪課だっただろう。

しかし、考えてみれば理由もなんとなく見当がつく。学校、さらには朝比奈日和の学年に近くなればなるほど、朝比奈日和のファン人口は増える。

――石を投げれば朝比奈ファンに当たる――

まさにそんなものだ。

そんな餓《う》えたハイエナどもの一匹が、上級のアサヒナーである僕のチョイスしたブロマイド入り定期を「朝比奈日和が拾うよりも先に、拾っていたとしたら」どうするだろうか？

答えは明白だ。

定期入れからブロマイドを抜き取り、定期入れは元の場所に捨てておくだろう。田舎の中でも特に辺鄙な場所に向かうための定期券など、何の得にもならない。

さらには名前まで入っているのだ。そんな足のつきそうなものを盗んだところで、デメリットしかない。

しかしブロマイド単品なら、盗むのには大層《たいそう》都合がいいものだ。あんな不埒なもの「落としてしまいました、探しています」なんて警察に届け出たところで、そのまま少年犯罪課に連れて行かれるのがオチ。

もちろん人に尋《たず》ねるなんてこともできやしない訳だから、盗んだとしてもおとがめがあることは、まずないと考えるのが普通だろう。恐らくチラシは二つ折りの定期入れだったこともあり、たまたま間に挟まってしまったのだろう。

もしかすると、最初に拾ったハイエナアサヒナーが、丁寧に定期入れの中に入れ直してくれたのかもしれない。ブロマイドを持って行かれたとしたら、非常に腹立たしいことだが、同時に感謝をしなくてはいけない。朝比奈日和に告訴ものの性癖がバレなかっただけ、ある意味命拾いした訳だ。これがもしバレていたらと考えると、吐き気がする。何年か臭い飯を喰うことになっただろう。


「なるほど、そういうことかぁ……」

受話器を持ったまま電話機が置かれた棚に背をつけ、ズルズルとへたり込む。

「あ、あんたおかしいわよちょっと……」

「あ〜うん。ちょっとおかしいことになってた。ごめん」

結局のところ、勘違いに浮かれ、下らない妄想をしていたに過ぎなかったということだ。

先ほどまでの多幸感とのギャップですっかり腰は抜けてしまったものの、どこか安心したような、そんな変な感覚だった。

所詮《しょせん》は絵に描いた餅《もち》。やはり朝比奈日和は、自分なんかには到底手の届かぬ高嶺《たかね》の花だったのだ。それでもいつも平然と夢に見ていたはずなのだが、いざ目の前に大きな可能性が現れ、それが消されてしまうと、改めて思い知らされる。

きっとこの先にそんな幸せなことなんて……。

「で？　行くの？　行かないの？」

「え？」

朝比奈日和は喧嘩腰《けんかごし》な口調で、だがしかし僕の答えを待つ余裕を残したような言い方で、そう言った。落ち着き始めていた心臓が、再びドキンと波打つ。

そうだ。何も終わった訳じゃない。

むしろ僕は今、ありえないチャンスの前に立っているんじゃないか。

勘違いでも、朝比奈日和の気まぐれでも、それでも間違いなく今、彼女はこんなにも近くに存在しているのだ。

向こうから喋りかけてくれている。一緒に行こうと誘ってくれている。そこにどんな意味がなくたって、これほどまでに嬉《うれ》しいことがあるか。

へたり込んでいた腰を、受話器を持っていない方の手でグッと持ち上げ、立ち上がる。

「もちろん行くさ。一緒に楽しい夏休みにしよう」

そう、今から始めればいい。きっと何かが廻《まわ》り出したんだ。

偶然でも、運命でも何だっていい。どんなことが起きたって、諦めなければきっと、思いは伝わるはずだ。

「ふんっ。じゃあ、こき使ってやるから覚悟しなさいよね。明日から計画練るわよ。わかった?」

「了解! よろしくね!」

「ん。よろしく。じゃあまたね」

ガチャンという音とともに、朝比奈日和の声は聞こえなくなった。

緊張で凝り固まっていた身体を休めるように、大きく息を吐く。

ふと、玄関の方に目をやると、何となく外の空気を吸いたい衝動に駆られた。廊下を進み、履き潰《つぶ》した靴を履いて玄関を出ると、夏草の匂いが染み込んだヒンヤリとした空気が、ふわりと流れ込んで来た。

玄関の前の道を進みながら見上げた蒼《あお》い夜空には、大きな満月が輝き、街灯の少ない辺鄙な田舎道を、明るく照らしていた。

夏がもうすぐ始まるのだ。僕たちしか知らない冒険が始まるのだ。

未《いま》だ浮かれ気分の抜けない僕は、そんな夏がきっと、ずっと忘れられないものになるであろうと、遠くの満月に期待を込めるのだった。

チルドレンレコード1

ガラガラと大きな音を響かせながら、緊急搬送用のベッドが勢いよく目の前を通り過ぎて行く。

その距離の近さに驚くが、向こうがそんなことに構っている場合ではないのであろうことは、一目瞭然《いちもくりょうぜん》だった。

そのベッドが運んでいるのは、この世でもしかすると一番重く、一番儚いものかも知れない。

だから病院は苦手だった。それと向き合うことになるからだ。

普段誰もが麻痺《まひ》させて生活している、逃れられない死の恐怖を、「こういうものだ」と無理矢理に思いしらされるからだ。

あれから時間はどれくらい経っただろう。

いきなり走ったせいで「ゴボウより少し丈夫レベル」の強度のオレの足は、ブルブルと震えていた。恐らくもう、しばらくは使い物にならないだろう。

当然だ。普段足を使う機会なんて、トイレと風呂に行くくらいのもの。それをやれ買い物だ、遊園地だと歩き回らされた挙げ句、いきなりの全力疾走だ。オレじゃなくたってこうなるだろう。

それにしてもアイツは一体何を考えているのだろうか。いや、そもそもアイツの考えていることが読めた試しなんてない。第一、あんなおちゃらけた性悪ウィルスの考えなど、知りたくもない。

が、今日のアイツはどうにも気にかかる。遊園地の帰り道、いきなり「今の人を追いかけてもらえますか⁉」と救急車を追わせたり、なんとか病院に辿り着いたら辿り着いたで「ちょっとこの人と二人きりにしてください」と、見ず知らずの男に携帯を渡させられ、そのまま何処かへ行かれてしまったりと、正直訳がわからない。

そんなこんなで現状、そんな疑問を抱えたまま見ず知らずの少年の運び込まれた診察室の前で、どこに行ける訳でもなく、その少年の保護者らしき人物に渡した、エネを待ち続けている。

勢いのまま、流されるようにこの場所に居座っているが、考えれば考えるほど、オレは場違いだ。別に運び込まれた少年と面識がある訳でも、少年に用がある訳でもなく、ただただ此処に座っているだけなのだが。

これがもし、少年の親でも現れ「あなたなんなんですか？」とでも聴かれてみろ。「いや、なんでもないっす……」と不気味な笑顔を浮かべることしかできないだろう。

昨日今日と本当に散々だ。エネの奇行に振り回されるのは日常茶飯事だが、さすがにここ数日は度が過ぎている。アイツが帰って来たら即刻家に帰り、いつもの生活に戻りたいものだが、あのメカクシ団とかいう奴らはそれを許すだろうか。

グチャグチャといろいろな面倒が絡まり、考えることすら億劫になってくる。

「ほんと訳わかんねぇ……」

「はぁ」と大きい溜め息をつく。

「訳わかんないのはこっちですよ、まったく……」

横から同じように「はぁ」と溜め息まじりでぼやいたその声に驚いたオレは、飛び上がった。

「うおわぁ‼　い、いつからいたんだよお前！」

振り向くとそこには、先ほどエネを手渡した白髪の青年が座っており、ボーッとした表情でこちらを見上げていた。

「ごめんなさい……僕……」

どうやら青年はオレに怒られたと勘違いしたようで、ノロっとした口調で謝った。

が、その表情には先ほどのボーッとした表情に少々焦りの色がついた程度の変化しか現れず、一瞬オレは「何を言っているのかこいつは」と会話に間をあけてしまった。

「え？　あぁ、いや、あんたじゃなくてこの中にいるやつね」

青年が手に持っていた携帯を掴み取り画面を覗き込むと、そこには見慣れた青髪の少女が、ぶすっと頬を膨れさせ画面内にふわふわと佇んでいた。

「ん。なんですかご主人」

エネは膨れっ面《つら》のまま、こちらを見ることもせず相変わらずふわふわと遊泳を続ける。

「いや、なんですかってお前いつ戻って来たんだよ。っていうか結局この人誰なんだよ。お前の知り合いなんじゃねえのか？」

訳もわからぬまま、さんざん振り回されたのだ。その原因を尋ねたいと思うのは当然のことだろう。

そう思ってオレは質問をした訳だが、何故かエネはそう尋ねた途端ブブッとバイブ機能を震わせ、キッとこちらを睨みつけた。

一瞬のその睨みは、普段のおちゃらけた態度からはかけ離れた見たこともないような苛《か》烈《れつ》なものだったが、何故だか以前何処かでも見たことがあるような気をさせる、不思議な表情だった。

その気迫に怖《お》じ気《け》づいたオレへ、再び頬をぷくっと膨れさせながら、エネはぼやき出す。

「人違いでした。こんなやつ知りません。走らせちゃってゴメンナサイ。もうさっさと帰りましょう」

エネが腹が立ってしょうがないとバレバレの言い方でそう言うと、座っていた白髪の青年はまたも自分のせいだと思ったのか、ボーッとした表情に少しだけ影を落とした。

「お、お前なぁ……まぁ人違いだったってんならしょうがないが、身内の方が大変な時に引き止めておいて、そりゃねえだろう」

「だって……その……あ〜もう!!　間違ったって言ってるじゃないですか!!　だからご主人はモテないんです！」

エネがそう怒鳴ると、白髪の青年は変わらずのボーっとした表情でビクリと肩を揺らした。

驚いているのかなんなのか。何を考えているのかいまいち読めぬその態度は、まるでサイボーグかなにかなのではないかと思ってしまうほど無機質だ。

「あの……すみません。その子怒ってるのって、多分僕のせいだと思う。たぶん」

無表情のままこちらを見上げていた白髪の青年が、恐らくだが申し訳なさそうに、そう呟いた。

「その子さっき『ずっと会いたかった』とか『死んじゃったと思ってた』とか、なんか泣きながらいろいろ話してくれたんだけど、僕、全然意味がわからなくてその……なんかその子に勘違いさせちゃったんだと思う」

白髪の青年が口を開いてから話しきるまでの時間は体感で約二十秒。普段エネの早口ばかり聴いているせいか、まるで時間の流れが遅くなったのかと感じてしまうほどに、青年の口調はノロノロとしていた。

なるほど。この青年はどうやら、エネの昔の知り合いに似ていたらしい。

確かにこの青年のルックスは少々浮いた雰囲気がある。仮にエネの知り合いだというなら、その異質さにも、なんとなく納得だ。

が、そんなことよりもオレが気がかりなのは、青年が話し終わってからというもの手の中でブルブルと震え続けている、この携帯だった。

恐る恐る画面を覗き込んでみると、そこにはいつもの真っ青なイメージカラーからは一転、耳の先まで真っ赤にして、プルプルと震えるエネの姿があった。

「お、お前、どうし」

「うわあああ！　うわあああ‼　もう‼　なんでもないから話しかけないで‼」

一瞬その場が凍り付く。視界の端で青年が再びビクッと肩を揺らしたが、表情は相変わらず変わっていないようだった。

こいつの言動に馴《な》れているオレですら、初めてここまで感情を露《あらわ》にしたエネの姿に硬直してしまう。

画面の中では、横たわったエネが頭を抱えバタバタと足をせわしなく動かしていたが、ハッとなにかに気付いたように起き上がると、冷や汗まじりの貼付けたような笑顔でこちらをみつめた。

「……くださいね？　ご主人」

なんとか取り繕《つくろ》おうとしたのか、いつも通りを装おうとしたのか定かではないが、なんにせよ再び沈黙が流れる。

相当気まずかったのか、画面の中のエネの顔は再びジワジワと赤味を帯び始めた。

「故障……？」

とりあえず携帯をポンポンと叩いてみると、携帯は嫌悪感を示すかのようにブブッと震えた。

「私を何だと思ってるんですか‼　そういうんじゃないです‼」

エネが心外だと言わんばかりにギャーギャー喚《わめ》いているところを見ると、まぁ健康のようだ。バグとかの類《たぐ》いでもない、となると風邪かなにか……いや、こいつに限ってそれはないだろう。

普段からおかしい奴なのだが、本当に今日は輪をかけて何かがおかしい。

「べ、別にたまには取り乱してもいいじゃないですか！　ちょっと昔の知り合いに似てたもんですから、いろいろ……その、変なこと言っちゃったというか、思い出しちゃったというか、期待……？　しちゃったっていうか……」

「いや、全然意味わかんねぇんだけど。要はあれか？　同じ種族の仲間に似てたからテンションが上がったって感じか？」

ゴニョゴニョと訳のわからないことを言っていたエネは、オレがそう告げるとピタッと口を止め、唖然としているかのような、呆れているかのような、なんとも取れない表情になった。

「あ～……ほんっとご主人なんでモテないのかよくわかりました。多分一生このままなんでしょうね。イイトオモイマス」

「え⁉　オレそんなとんでもないこと言ったか⁉　それよりオレなんでモテないんだよ！　教えてくれよ！」

「あ、ちょっとあんまり喋りかけないでください、ご不憫」

「いや、今『不憫』って言っただろお前！　ちょっと混ぜた感じで言ったところでわかるわ！」

「うるっさいです！　とにかく私にだってご主人に話せないようなことくらい……」

　エネがまた膨れっ面で何かを言おうとしたその瞬間、白髪の青年が抱きかかえていた少年が運ばれた診察室から、ガシャン！　と大きな物音が聞こえた。

　続けざまに金属製の何かの器具が、カランカランと床に散らばる音が響く。

「……ッ⁉　ご主人！　なんかヤバそうです！」

「わかってるっての……！」

　一足で廊下を跨《また》ぎ、慌てて診察室の扉を開けると、そこには先ほどの運びこまれた少年が床に倒れ込んでいた。

ボサボサした茶髪に白いベスト、背格好からみるに歳は十一歳くらいだろうか。周りには体温計などの医療器具が散乱しており、その中心で少年は四つん這《ば》いの姿勢から立ち上がろうと膝を立てるも、うまく立ち上がれないようだった。

「お、おい、お前なにやってんだよ！　なんだかよくわからんけど、とりあえず寝とけって……！」

少年の傍らにしゃがみ込み手を差し伸べるが、少年は怯えるようにオレの手を払う。

初めて真っ向から見る少年のその顔は、大量の涙で濡《ぬ》れていた。潤んだその瞳は、なにかにとてつもなく酷い目に遇わされたことへの憎しみを宿しているかのように暗く、深い漆黒の色を携えている。

「あんたなんだよ……邪魔……すんな……ッ！」

立ち上がった少年は一度ふらつくも、しっかりと自立し部屋の出口に向かい歩き出した。

「いや、ちょっと待てって！　勝手に出たら危ねえよ！」

「ヒヨリ……ヒヨリの所に行かなきゃ……」

少年は譫言《うわごと》のようにそんなことを呟きながら、抑止の声も聞かずに部屋を出る。

慌てて追いかけると、少年は部屋を出たところで白髪の青年と対面していた。

「あんたのせいだ……あんたさえいなきゃこんなことには……」

少年は白髪の青年をジットリと睨みつけながらそう言うと、再びボロボロと涙をこぼし始める。

白髪の青年は流石《さすが》に堪《こた》えたのか、困ったような表情を浮かべるも、言葉を返すことができずにいるようだった。

「もういい、僕が行く……行かなくちゃ……」

そう言い放った次の瞬間、少年はくるりと身体の向きを変え、勢いよく駆け出した。夜になり、暗くなった院内の廊下を駆けていく少年は、あっという間に暗闇に紛れ込んでしまう。

「ご、ご主人なにやってんですか⁉　早く追いかけないとあの子なんか危ないですよ⁉」

「お、お、おう。わかってるんだが、あ、足がもう……」

そう、こんな時に俺の「セロリよりちょっと強靭《きようじん》レベル」の足は、惨めにもプルプルと小刻みに痙攣《けいれん》を起こしていた。

「だあああ‼　もう！　ご主人は子鹿かなんかですか⁉　肝心な時になんて使えない……！」

「う、うるせえな！　元はと言えばお前等のせいだろうが‼　オレのデリケートさ舐めんな！」

そんな下らない口論をしている隙《すき》に、少年は完全に姿を消してしまっていた。

あのまま走れば恐らく、もう数分で病院の敷地内を抜け出してしまうだろう。そうなってしまうと、完全にアウトだ。何処に向かったかなんて到底見当もつかなくなってしまう。

「ナースコール……なんてもう間に合わねえだろうし……ってあんたもちょっとはなんかしろよ‼　なんか事情はあるみたいだが、あんたの身内なんだろ⁉　このままどっか行っちまうぞ⁉」

オレの問いかけに、白髪の青年は困ったような表情でコクコクと頷《うなず》き、先ほどよりも若干早めだが、相変わらずののんびりした口調で喋り始めた。

「ヒビヤ僕のせいですごく怒ってる……なんとかしなくちゃ……い、一緒に来てくれる？」

いまいち話のテンポ感が悪いが、『ヒビヤ』というのは駆けていった少年の名前だろうか。どうやらこいつはこいつなりに現状に危機感を覚えているようだ。一緒に来てくれと言った青年の目は、先ほどの緩い顔つきにほんの少し、熱が籠《こも》っているようだった。

「お、おう、いや一緒に行ってやるのは構わないんだが、足がちょっと悪くてな……」

「なに元から足が不自由みたいな言い方してるんですかご主人。ただのクソ運動不足じゃないですか」

「なんにせよちょっと走れる状況じゃ……って、え？」

オレの話を遮るように、白髪の青年が目の前に現れたかと思った直後、もう何年も体験していない、圧倒的な浮遊感が全身を襲った。

「う、うおおおぉ⁉」

まるで赤ん坊に高い高いをするかのように、軽々とオレを持ち上げた青年は、そのままオレを肩に担ぐように乗せる。

「ごめん、ちょっと痛いかもしれないけど……」

そう青年が呟いた瞬間、爆音と衝撃とともに、ものすごい勢いで廊下の風景が流れ出した。

青年が足を踏み込み、その勢いで何十メートルもひとっ飛びしているのだと気付くのにおよそ一・五秒。

「ぎゃあああああああ‼」

一瞬声も出なかったが、改めてこのとんでもない出来事に対して、腹の底から悲鳴が飛び出す。

「お、おおお、おろし……オウフッ！」

言葉を絞り出そうとするも、続いて訪れた着地の衝撃に遮られ、口からは言葉の代わりに空気が飛び出していく。

「ご、ごめん、もうちょっとだけ我慢して」

次の瞬間、先ほどの廊下の高速移動とは打って変わって、今度は地面が一気に遠退《とおの》いて行った。それが、上への大ジャンプだと気づき思わず気を失いそうになる。

なんとか意識を保とうと握りしめていた携帯に目をやると、画面の中のエネは恐らく次の着地の衝撃に備えてか、座布団のようなものを頭の上にのせ、目をギュッと瞑っている。

「い、意味ねえええええええええ!!!!」

そう叫んだ瞬間、ブオンという風切り音とともに、空気の冷えた空間に飛び出した。眼下には病院の屋上。そこで開け放たれていた今しがたオレたちが飛び出した天窓が、もうすでに小さくなり始めている。

スカイダイビングとはこんな気分なのだろうか。いや、どちらかというと先ほどトラウマになった遊園地のジェットコースターに、イメージは似ているかもしれない。

ということは恐らく着地の後は、これもまた先ほどのジェットコースターと同じようにアレをアレすることになるのだろう。

「みつけた……！」

青年はそう呟くと、着地の衝撃に備えてくれたのかオレを担ぐような姿勢から、脇の下に抱き込むような抱え方に切り替えた。

直後、一瞬の無重力感が訪れ、今度は勢いよく地面が近づき始める。

「どう考えても死ぬ高さです。本当にありがとうございました」と頭の中で念仏を唱え、先ほどのエネと同じように、ギュッと目を瞑る。

ダンッ!!　という激しい音とともに、強い重力感。訪れると思っていた衝撃は予想より軽いものだった。が、大飛行によってグルグルとかき混ぜられた腹部に止《とど》めを刺すのには、十分な衝撃だった。着地のインパクトから解放された直後、青年は一応心配そうにオレを気にかける。

「大丈夫？」

「ぷっはぁああ!!」

問いかけに応えるように、脇に抱えられたまま息を大きく吐き出す。

「う……うおえぇぇ……」

そして例のアレも吐き出す。無念。

「ぎゃあああ!! ちょっとキモチワルイものこっちにかけないでください!!」

「はぁ……はぁ……いや、お前ちょっとは心配しろよ……」

「ごめん、急がなくちゃと思って。驚いたよね……」

急ごうと思ったところで、男一人抱えて何十メートルも跳躍できる人間が、この世にどれほどいるというのだろうか。

ずるりと青年の腕から立ち上がり、グロッキー状態になりながらも改めてその顔を見てみると、無表情に佇む青年の両目は、薄いピンクに輝いていた。

「その目……あんたもなんかあるのかよ。なんだってんだホントに……」

予想はしていたが案の定この青年も、瞳の色やその常識はずれな行動から察するに、モモやメカクシ団の連中同様なんらかの能力を持っているようだ。

モモやエネのせいで多少こういった現象に耐性はあるものの、日に何度もそんな特異な連中に出くわすだなんて、どうかしている。

そもそも、本当にこの目は一体なんなんだ? 変な好奇心であまり深入りしない方がいいのだろうか……

「あんた一体……」

「ご主人‼　あの子、もう外でちゃいますよ⁉」

思考を止め、慌ててエネの指した方向を向くと、病院の正面玄関から正門に抜ける長い道の先に、先ほどの少年が走っている姿があった。

すでに少年は、もう少々で正門を抜けるぐらいのところまで、進んでしまっているようだ。

「ヒビヤ……このままじゃまた見失っちゃう……！」

青年はそう言うと、再びオレを抱きかかえようと、肩に手をかけた。

「ぎゃあああああ‼　無理無理無理‼　もう無理だ！　マジで勘弁してくれ！」

「ご、ごめん、やめる……」

オレが拒むと、青年はビクッと身体を震わせ、手を離した。再び訪れるかのように思われた絶叫アトラクションは回避したものの、確かにこのままでは少年は街に飛び出してしまう。そうなってしまうと非常に面倒だ。

「おい、あんた一人でとりあえず止めてこいよ！　オレもすぐ追いつくから！」

「だ、だめだよ。一人じゃ怖くてダメなんだ……うぅ……」

青年は先ほどまでの強靭な動きからは想像もつかないほどに、弱々しくうなだれた。

「つってもこのままじゃ……」

再び少年の駆ける正門方向を見つめ、とりあえず走り出すも、やはり足は上手《うま》く機能してくれない。

正門を睨み諦めかけたそのとき、一つの「あること」を思い出し俺は、慌てて握っていた携帯に向かって話しかけた。

「おい、エネ！　モモに電話繋《つな》げ！」

「へ？　妹さんにですか？　……あ！　なるほど！　了解です！」

納得したのか、ポンと手を打ったエネが、直後、右手を十字を切るように振ると、画面はモモへの通話発信状態に切り替わった。

2回半ほどコールが鳴った後、画面は緑色に輝き「通話中」の文字が大きく表示される。

「あ～もしもしお兄ちゃん？　エネちゃんの用事終わった～？」

「終わったんだが、今また別の用事の真っ最中になっちまってて……モモ、お前今どの辺りにいる」

「え？　え～っと……団長さんここって何処ですか？　あ、ありがとうございます。あ、お兄ちゃん？　今ね～病院の正門？　の横にある木の下あたりに……ってあれ、何だあの子。すっごい走ってる」

モモは相変わらず間の抜けた調子だったが、どうやらビンゴだったようだ。

「おい！　その走ってる男の子止めてくれ！　とにかく頼む！」

「ええ⁉　なんで⁉」

「とりあえず一大事なんだ！　頼む！」

「一大事なの⁉　う～ん……わかった！　やってみる！」

モモがそう言うとプツッと通話は切れ、画面は赤く輝き「通話終了」の文字が表示された。

「妹さん、大丈夫ですかね」

「アイツは馬鹿だけど動けるからな……」

「そうですね……ちょっと馬鹿ですけど……」

目を凝らすと遥か遠くの正門付近、少年は丁度《ちょうど》正門を抜けるか抜けないかというところだった。

しかし走っていた少年は正門直前で何かにぶつかったかのようによろめく。

次の瞬間、今まで何もなかった空間から突如モモが現れ、そのあまりの出来事に少年はギョッとしたのか暴れようとするも、モモにぎゅっと押さえつけられなす術《すべ》をなくしたようだ。

「うおおおっ！　妹さんやりましたね！　あ～あ～あんなにムギュムギュと……」

「なんかいい感じのクッションになってるなあいつ。よし、急いで追いつかないと……」

「遅いのご主人だけですけどね」

ボソッとつっこんだエネを無視して足を進めると、いよいよ近づいた正門付近では、もがく小学生男子を窒息死させんばかりに必死に抱き留める妹の姿があった。

「あっ、お兄ちゃん！　一体なんなのもう……って痛っ！　ちょっと暴れないでったら……！」

「悪いなモモ。おい、お前！　事情は知らんがとりあえず落ち着けって！　病院の人も勝手にいなくなられたら大変だろ？」

「ええ!?　この子病人なの!?」

驚いたことでモモの腕のフックが甘くなったせいか、少年はそこからスポンッと抜け出した。顔を真っ赤にして「プハッ」と息を吸い込むと、息を荒げながらモモを睨みつける。

「なにすんだよ太ったおばさん！　いきなり出て来て邪魔すんな!!」

　少年がモモに向かいそう言い放つと、モモはその処理能力の遅さから一瞬ポケッとした顔をするが、その言葉の意味がわかったのか、少年と同じようにみるみる顔を赤らめていく。

「は、はぁ⁉　ふ、太ったお、おば……なに言ってんの君⁉」

「そのまんまの意味だよデブおばさん‼　急いでるんだよこっちは……」

　少年が再び走り出そうとするも、その場の誰よりも先にモモの手が少年のフードを捕え、少年の身体はガクンと引き戻される。

「き、君ねえ……病人なんでしょ⁉　抜け出すなんてダメに決まってんじゃん‼　そ、それにふ、ふ、太って……」

　よほど大打撃だったのか、モモはブルブルと身体を震わせ、息を荒げる。

　少年は再びモモを睨みつけると、つかまれたフードを引っ張って外し、モモに向き直って再び叫んだ。

「だから……ッ‼　邪魔すんなって！　それに僕は病人でもなければ何処も悪くない‼　おばさんこそ、その牛みたいな体型医者に診《み》てもらえば⁉　絶対病気だよ、それ」

　少年がモモの胸の辺りを指差しそう言うと、握った携帯からは「ププッ……あ、失敬」

とエネの含み笑いが聞こえ、モモの方からはブチンと何かが切れる音が聞こえた。

「ひ、人が心配してやってるっていうのに!! このぉ……ッ!」

小学生相手に半泣きにさせられながら、顔を真っ赤にしたモモが少年に掴みかかろうとしたところで、今度はモモのパーカーのフードが視《み》えない何かに後ろから引っ張られ、その突進を止めた。

「は、離してください団長さん! こ、この子敵ですよ敵! メカクシ団緊急出動ですよ! は〜な〜し〜て〜……!!!」

まるで暴れ牛のように大暴れするモモの姿と、先ほどの少年の言葉が重なり、思わずオレも「ブッ」と吹き出すと、それが聞こえたのかモモがオレの方をギロリと睨みつけた。

「なに笑ってんのお兄ちゃん⁉ なんなのこの子⁉ なんで私がこんなこと言われなきゃいけないわけ⁉」

「あ〜……わかったわかった。悪かったって落ち着け。なぁ、ヒビヤっていったか。お前なんだってそんな急いでんだ? 今すぐに行かなくちゃダメなのか?」

オレがそう話しかけると、ヒビヤは今度は逃げようとせず、しかし未だに敵意剥《む》き出しの顔でこちらを見つめた。

「……女の子が一人、死んだかもしれない。僕の大事な人だ。なのに僕だけ助かった。だから助けに行かなくちゃいけない」

ヒビヤは淡々とそう呟いた。その場にいる全員が、その内容に息を飲む。

先ほどまであれだけ荒れていたモモでさえ、暴れるのを止め、驚いたように口を半開きにしていた。

「ちょ、ちょっと待てよ。死んだって……なんかの事故に一緒に巻き込まれたってことか？　それなら、警察か医者に先に話した方がいいだろ。お前一人で何処に行くってんだよ」

病院に駆け込む前、ヒビヤが倒れていた現場には、車両事故が起きたような形跡はまったくなかった。身体にも目立った外傷はなく、はたから見れば熱中症かなにかで倒れたようにしか見えないだろう。事実俺はそうだった。

しかし先ほどのヒビヤの言い方だと、あれは単に突発的に倒れた訳ではなく、何かの事件に巻き込まれたのだと言っているようだった。だとするなら、なおさら警察に相談するべきだろう。

「人に話したところで、どうせ信用してもらえないさ。そうだ、なんならそいつに聴けばいいよ。ずっとただ突っ立って見てたんだから」

少年が青年を指差すと、青年はおどおどとした表情で自分の服の裾を握りしめた。

「ねぇ、あんたずっと見てたんだろ？　なんもできないならせめて教えてあげなよ」

「ち、違うよ！　僕だって助けようとしたんだ……でも……でも、どうしようもなかったんだ……！」

青年がそう言うと、少年は歯を食いしばり、さらに鋭く青年を睨みつけた。

それを受けて青年は耐えられなくなったのか、目線を下に泳がせた。

少年が小さく溜め息をつき、再び正門を抜けようとする。

「……もういい。あんたが何もできないなら僕一人で行く。邪魔しない……で……」

少年は一歩を踏み込んだ瞬間、その身体はグラッと大きく傾き、そのまま地面に向かい無抵抗に倒れようとした。

「お、おい！」

慌てて支えに行こうとするも、少年との距離が遠過ぎる。先ほど凄《すさ》まじい動きをみせた青年も、少年の言葉に放心してしまっていたのか、オレ以上に反応が遅れていた。

少年の身体は受け身を取ろうとする気配もなく、そのまま頭から地面に倒れ込もうとする。

「畜生……ッ！」

もうダメだと思った矢先、ヒビヤの身体は見えない糸に吊《つ》るされたように、仰向《あおむ》けの状態で空中に静止した。

何が起こったのか理解が遅れるも、視界の端に支えをなくしたモモが尻もちをついている姿をみつけ、現状を把握することができた。

「シンタロー、こいつ……病院戻すのは止めた方がいいぞ」

ヒビヤの周りの大気が一瞬ぐにゃりと揺らいだかと思うと、紫色のパーカーを纏いフードを深々と被《かぶ》ったキドの姿が現れた。

キドはフードから垂れるロングヘアーの奥に、驚きと焦りがいりまじったような表情を浮かべている。

「ナイスキャッチだな……ってどういうことだそりゃ？　明らかに病状悪化してんだろそいつ。確かに事情はヤバそうだが、とりあえず医者と警察に頼った方がいいって」

「……いや、恐らく医者も警察も役に立たないだろう。多分こいつの現状に関して、一番協力できるのは俺達だ」

抱きかかえたヒビヤを見つめたキドは、苦い物を噛《か》み潰したような表情でそう言った。

一体何があったのかと、キドに近づき少年の顔をみると、虚ろに開かれた両目には本来の少年の瞳の色に混じり、血を垂らしたような赤色がジワジワと滲《にじ》み出していた。

「おい、これって……」

「あぁ、話は聴かせてもらっていたが、これ相当めんどうだ」

キドは何か嫌なことでも思い出すような言い方をした。

少年の瞳に始まった変色は、間違いなくキド達と同じ「何かの能力」を使う時の特徴そのものだった。

先ほどキドが「警察や医者は役に立たない」と言ったのは、このことからだろう。確かにこんな超常的な病状を、両者がホイホイ受け入れてくれるとは思えない。

「ど、どうすんだよこれ……こいつ大丈夫なのか⁉」

「現状こいつがどんな能力なのかもわからん……このまま戻すのは危険だ。とにかくアジトへ連れて行くぞ」

キドはヒビヤの腰にあてがった手を支えにし、肩に顔を乗せるように抱え直した。

「よし、キサラギ。カノに一人分ベッドを空けておくように伝えてくれ。あぁ、それとマリーが怯えると面倒だから、セトと一緒に部屋で待機しておくようにとも頼む」

キドがモモに向かいそう言うと、ぺたんと座り込んでいたモモはハッと飛び上がり、敬礼のポーズを取った。

「は、はい！　了解です！」

「はは……固いなお前は」

キドはキョトンとした表情を浮かべたかと思うと、珍しく笑った。いつも鋭い目つきをしているが、笑うとその表情は温かく、母親気質が見て取れる。

「お、そうだお前。名前はなんていう？」

ヒビヤを抱えたまま、続いてキドは思い出したかのように青年の方に向きなおった。

「ぼ、僕？　……コノハ。です。多分」

青年は本人的にはそうでもないのだろうが、相変わらずノロノロとした口調で、これまた煮え切らない自己紹介をする。

青年が名乗った途端、握っていた携帯がブブッと震え、覗き込むとエネは再び立腹の様子で足をばたつかせていた。

「そうか、コノハ。さっきの話を聞く分に、お前等に起きた『何か』について、俺たちが協力できることもあると思うんだ。とにかくこいつは、安定するまで面倒を見る。お前も話を聴くだけでもいい、一緒に来ないか?」

キドがそう言うとコノハは、見てきた限りでは一番真面目な顔つきになり、コクンと深く頷いた。

「そうか。よし、じゃあ向かおう……しかし腹が減ったな。カノのやつに晩飯でも作らせるか……おい、キサラギ。カノに連絡ついたか?」

「いや、それがカノさん全然繋がらないんで今セトさんに電話かけてて……あ! もしもしモモです!」

セトとの通話が繋がったのだろうか、モモは見えもしないのにピンと背筋を伸ばして会話をし始めた。

「すみません、ちょっとですね。一人家に病人を運ぶことになって、カノさんにベッドの準備をしてもらおうと……え? いない? えっと……はい了解です! あ、それとご飯の準備と……終わったらマリーちゃんと一緒にお部屋待機だそうです! それじゃあ!」

後半、相当勢いよく話していたが、セトに内容はしっかり伝わったのだろうか。

通話を切ったモモは、何か作戦をやり遂げたと言わんばかりに鼻息をフンと吐いた。

「悪かったなキサラギ。で、カノはどっか行っているのか?」

「あ、はい。なんか『今日は戻らない』って言ってどっか行っちゃったらしいです」

「はぁ……アイツはホント肝心な時に使えないな……」

先ほどエネに言われたまったく同じ言葉を思い出し、ズキッと心が痛む。

それにしてもカノもこんな時間に出掛けるとは、一体どういう用事なのだろうか。あの飄々《ひょうひょう》とした性格だと、友人も多いのかもしれない。ということは夜遊びだろうか。クッ……年下のくせに……。

「じゃあ向かうか。ここからだとそう遠くもないだろう、少し急ぐぞ」

そういうとキドの目は赤く輝いた。恐らくモモのために、再び能力を使ったのだろう。

こちら側からはわからないが、キドの能力によって今のオレたちは誰にも見えていないというのだから、不思議だ。

「あの、ご主人」

正門を抜け、キドについてぞろぞろと進み出すと、ふいにいつもより控えめに携帯が震えた。

「あ？　なんだよ」

画面を見ると先ほどとは一転、シュンとした表情のエネが何か言いたげに佇んでいた。

「えと……その、もう帰りませんか？　妹さんも一緒に。なんか、心配なんです。よくないことが起こりそうで……」

　エネは珍しく、モジモジとダボついた服の裾を擦《こす》り合わせながら、消極的なことを言い始めた。

　目の前に火の輪があった場合「くぐりましょう！　ご主人！」と騒ぎ立てるタイプのやつなのだが、今日は本当に何かおかしい。

「はぁ？　元はと言えばお前のせいだろ。まぁオレだって帰りてぇが……」

「だ、だったら……！」

「う～んさっきの子のことも気になるし、モモも帰る気なさそうだしなぁ。そもそもあの団長がホイホイ帰してくれるとも思えん」

「そ、そうですか……」

　エネは見るからにショボンとテンションを落とした。一体こいつは何が言いたいのだろうと考えていると、ふとあることに気づいた。

「あ、お前もしかして……！」

「え、えぇ!?　いや！　違いますよ！　エネはエネですよ!?　そんな人じゃないです！　ご主人ったら嫌だなぁもう……」

「充電切れかかってるからか？」

「……は？」

エネは何か訳のわからないことを叫んでいたが、オレの問いかけにだらしなく口を開け、固まる。

その後ハッとしたように笑顔になり、バタバタと両手を動かした。

「……あ、あ～充電、そうなんですよ～！　もう減ってくると元気出なくて困ります！」

「だよなぁ！　そうだと思ったんだよ！　まぁアジト戻ったら充電してやっから、元気出せって」

やはり充電だったか。遊園地でも大分消耗したからか、画面に表示された電池残量は大分少なくなっていた。

そもそもどういう原理でこいつがこの中で動いているのかはしらないが、先ほどからの訳のわからない行動も、充電して直るなら安心だ。

放っておいてさらに訳のわからないことをされては、堪ったもんじゃない。

「あはは……はぁ。それにしてもなんか……ご主人変わりましたね」

「お？　そうか？　自分じゃあんまりわからんが……」

「なんだか楽しそうです。よかったじゃないですか、お友達できて」

「はぁ？　友達なのかこいつら。なんかいいように連れ回されてるだけな気がするが……」

出会ってまだ一日しか経っていないこいつらを友達と呼ぶのにはいささか抵抗がある。

しかし確かに、気のいい連中だとは思う。

見ず知らずの少年に手を差し伸べ、問題を解決してやろうとするなんて、このご時世にとんだお人好《よ》しだ。

「いいんですよ。ご主人には連れ回してくれるような人たちが合ってます」

エネは優しく、しかし少し寂しそうにニッコリと笑った。

ふと、予想外に本当に昔に見た笑顔が頭をよぎる。昔になくしてしまった笑顔だ。いつもいつも頭のどこかにある笑顔だ。

「そうかもしれねぇな」

忘れようとする訳でもなく、しまってあった場所に、その笑顔をしまい込む。

「絶対そうですよ！　あ、ちなみに私は引っ張っていく系女子だと思うんですが、どうですかね？　惚れちゃいます？」

「いや、お前まず区分的に『女子』なの？」

「えぇ!?　ご主人酷いです！　超女の子じゃないですか私！　イケイケですよ!!」

再びギャーギャーいつものように喋り始めたエネを前に、とにかく今は早く帰って、こいつを充電してやらねばと、俺は少しだけ足を急がせた。

カゲロウデイズ02

揺れる電車内、少しだけ開けた車窓からは、少し湿った心地よい温度の風が吹き込んでいる。

そこから望む風景は、先ほどまでの山々が連なる風景からは一変、文明の発展を主張するかのように、灰色の硬質な物体で埋め尽くされていく。

「いやぁ……いいね。すごく」

思わず笑みがこぼれてしまう。それはそうだ、こんなに心躍る夏休みが未だかつてあっただろうか。

今まで暮らして来た田舎の外の世界は、予想していた偶像なんてものよりも遥かに広大で、魅力的だ。

テレビの中でしか見たこともないような風景たちは、窓の向こう、まるでショーケースの中身のように、僕の好奇心を誘っていた。

そして何よりも、心躍る存在が今、目の前にいるのだ。

「キモッ。何がいいのよこんな風景。頭おかしいんじゃないの？」

「えへへぇ。だってワクワクしない？　うわ！　あのビルでっか！　ねぇヒヨリ今の見た⁉」

「あ～うるさいうるさい。昔は私も憧れてたけど、あんなもんもう見飽きたわよ」

対面式の座席の向かい、ヒヨリは相変わらず冷めた態度で、同じように窓の外を眺めていた。


あぁ、この状況をなんとかして写真に収めたい。

出発前、父親から土下座の懇願のすえに貸してもらった魂の一眼レフ。

座席の下にしまい込んだそいつから「出番は今だろ？」と囁きが聞こえてくるほどに、どんな瞬間でもヒヨリは見事な絵になる。

「楽しみだなぁ。それにしても僕行きたいところめちゃくちゃあるよ。ね！　最初はどこに行こうか！」

「最初ねぇ……。まぁ街中でもブラブラすればいいんじゃない？　こんな風景でキャーキャー言えるんだったら満足すると思うわよ」

ヒヨリはこちらを一瞥《いちべつ》することもせず、先ほど「見飽きた」と言い放った風景を眺めながら、適当な言い回しでそう提案した。

「そ、それは一緒にっていう……？」

「は？　なんで一緒に行かなくちゃいけないわけ？　私が出掛けない日に勝手に出掛けなさいよ」

「あ、うん……」

そしていつものようにヒヨリの気を引くことは叶わず、あっという間に会話は終わってしまう。

ヒヨリとあの電話をした夜以降、すっかり親密な関係になれたものだと勘違いした僕は翌日、学校の廊下で「おはよう！　今日もいい天気で最高だね！」とかました挨拶をガン無視され、笑いものになったところで、ようやく自分の立場を理解した。

そう、ヒヨリは別段僕のことを特別視しているということはなく、「便利で使えそうだったから」という本当にたったそれだけの理由で、この夏休み旅行に僕を誘ったに過ぎないのだ。

そんなところからか、当然のように学校での会話は今まで通り皆無。本日の旅行出発に至るまでのこの期間、ヒヨリとの交信手段は不定期にあちらからかかってくる電話のみ、という過酷なものだった。

当然、僕はヒヨリからの電話に取りこぼしがないように、家の廊下に座り続けることになる。

一週間かかって来ない日もあれば、日に二回かかって来る日もあった。

どれも内容は事務的な会話ばかりだったが、そんな会話一つ一つですら、目を瞑ればすぐさまに暗唱できるほど焼き付いている。

その静かな戦いは辛《つら》く、険しく、話せば長くなるのだが、当初その姿を心配していた母親にすら、最終的に「おつかれさま」と言ってお茶を淹《い》れて貰うまでの健闘だったと言えば、わかってもらえるだろうか。

そう、そんな親を納得させるのにも、相当の努力を要した。


初めて父親に「夏休み都会に行きたい」と言った日の晩は、外に閉め出され、野犬遠吠えにブルブルと震え、恐怖を味わった。「これではダメだ、なにかもっともらしい理由をつけなくては」と考えた僕は、「夏期講習に行くために」というこれ以上にない名目を思いつき、再び親にトライ。

だがしかし「勉強なんて家でしろ」と再び野外に放り出され、迫り来るたぬき達の洗礼を受けることになった。

その後も思考を重ね、さまざまな資料を読み漁った末に辿り着いた理由が、「インドのよくわからない地方の文化を、日本で唯一学べる学科のある学校の講習会が、唯一その地域でしかやっておらず、しかも夏期の間だけ、著名なインド人が実際に講習会を開いてくれる。教科書もこちらでは売っていないため、行かなくてはいけない」という、もはや壮絶極まりないものだった。

親との最後の交渉は夜中の三時にまで及び、頑固な父を口説《くど》くため「僕にはもうインドしか見えていない」だの「僕を止めたいのならばインドを消してからにしろ」だのと、とんでもない口上を宣った末に「育て方を間違えた」という最悪の言葉で以《もっ》て、都会行きを認めてもらうに至った。

ということで現在、僕は「インドのよくわからない地方の文化を研究することに異常なまでにどん欲な少年」として、親との縁を半分切りながら、ここにいることになる。

完全に自暴自棄な展開を自分で作ってしまったのだが、意外だったのはヒヨリだ。

ヒヨリのためにここまでしたというのは流石に言うのも恥ずかしく「前から興味があっ

たインドの文化を学べる学科の講習会がたまたまあったから、親の承諾もとれたよ」と、半ば蔑《さげす》まれるのを享受するような形で告げた際「いいね。研究とかそういうの好きだよ。私」と、今までで一番の好反応を貰ったのだ。

意外なところに嗜好があるものだ。ここまですべてを投げ打って得たその言葉は、僕の人生を変えるに十分な言葉だった。もちろんその「好きだよ」という部分は録音し、完全体となって留守の間僕の部屋を守ってくれている「おしゃヒヨ」の中に収録してある。

そんな回想に浸っていると、電車はいつの間にか大きなホームに差し掛かろうとしていた。

ホームに人が入り乱れ、その様子はさながらなにかのイベントでも開催しているかのようだ。

「あ、ほら、次降りるわよ、ヒビヤ」

「え⁉ あ、うん!」

ヒヨリの声に応じて、立ち上がる。

ヒヨリの持ってきたやけに巨大なキャリーバッグを、なんとか座席上部の荷物置き場からおろし、対照的に随分と小振りな自分の鞄を背負い、準備万端の態勢を取る。

「よし！　いつでも降りれるよ！」

電車はそのスピードを一気に落とし、ググッと慣性の力が足に伝わる。

倒れぬように踏ん張っていると、停車によって途端にそれがなくなり、逆側に勢いよく倒れそうになる。

「うわっとと……」

「はぁ、なにやってんのよ。ほら、行くわよ」

ヒヨリは僕のそんな姿に溜め息をつくと、ストンと立ち上がりスタスタと降り口の方へ歩き出した。

「う、うわっちょ……待ってよ！」

慌ててヒヨリのキャリーを引き、降り口へ向かう。

開かれたドアから降り立ったその世界は、無数の人々が入り乱れ、気を抜くと押しつぶされてしまいそうな圧力を放っていた。

身軽なヒヨリはスタスタとホームを歩き出し、僕はそれになんとかついて行く。

地面に引かれた凹凸《おうとつ》のついた黄色いラインをゴリゴリとキャリーのタイヤでなぞりながら、なんとかエスカレーターに乗り込むも、すでに若干息も上がっていた。

「ねぇ……ヒヨリ。今日ってなんかのお祭りの日……？」

「ん～？　いや、そんなのはなかったと思うわよ。夏祭りももう少し先だったはずだし」

ヒヨリは手に持った携帯電話をいじりながら、そう返答した。

「へ、へぇ～そうなんだ……」

これが都会の洗礼というやつか。

通勤ラッシュとやらを以前にテレビで見たときは「過剰な演出だなぁ」と鼻で笑ったものだが、この雰囲気をみるにあれはどうやら現実のものらしい。

「もしや自分が次に乗る電車がそんな状態になっているんじゃないか」と考えると、ゾッと背筋に悪寒《おかん》が奔《はし》る。

エスカレータが下り地面が近づいてくると、馴れていないためか、異様な緊張感に襲われた。

「降りる……降りるぞ……」

覚悟を決めて降りるも、あまり上手く決めることはできず、ストトッと謎のステップを踏んでしまう。

「元気いいわね」

先に降りたヒヨリにニヤけながらそう言われ、羞恥心で顔が上げられなくなってしまう。

これは次にヒヨリと乗るまでに、しっかり練習しておかなくてはいけない。

進む先、改札口ではホーム以上に人が込み合っていた。この中を進むとなると、自身の進路が本格的に冒険のように思えてきた。

ヒヨリは案の定、僕を待つこともせずスタスタと歩いていってしまうが、まぁ、切符はあるし、前の人に倣って進めば大丈夫だろう。

初めて見る自動改札はものすごい勢いで、人を通過させていた。

これは本当に切符をちゃんと確認できているのだろうか？　一人や二人、こっそり抜け出してしまってそうな雰囲気だ。

自分の順番が近づき、ミスをしないように前の人の手元をじっくりと睨みつける。

その人は取り出したなにかをピッと機械にあてがい、平然とそこを通過していった。

なるほど、こういうシステムなのか。地元の駅ではよぼよぼのおじいさんが一枚一枚切符を切っていたものだが、さすが都会。よくはわからないが、ものすごいテクノロジーだ。

自分の順番になり、キャリーが詰まらないように確認しながら、前の人と同じように機械に切符をあて、進む。

が、しかし。ビーッという耳障りな電子音とともに、目の前には突然まるで僕を挟み殺すかのようにガードが現れた。

「う、うわあああああ!!」

あまりの出来事に大声が出てしまう。パニックに陥りながら後ろを振り返ってみると、迷惑そうな顔をした大人達が、無言でこちらを見下ろしていた。

「わ、わ……ヒヨリぃ！　た、たすけてぇ！」

バタバタと駅員が駆けつける中、少し手前を進んでいたヒヨリはこちらを唖然とみつめていたが、僕が名前を呼んだことで顔を真っ赤にして目を伏せた。

「はは。大丈夫かい僕。ほらここに切符を入れるんだよ」

現れた駅員に言われるように切符を改札機に入れると、先ほどまでの激昂《げっこう》が嘘のようにスムーズにガードは開いた。

「あ、ありがとうございますっ……！」

やっと解放された安堵と、周りからの視線に堪らず抜け出すと、その先にはものすごい形相のヒヨリが待ち構えていた。

「あんた私に恥かかせるために来たの……？」

ゴゴゴゴゴという効果音がつきそうなほどの剣幕に「ヒィッ」と小さく声が上がる。

「だ、だって前の人が……その……ああ、ごめんって！　気をつけるから……」

必死に謝ると、ヒヨリはいちいち怒っていてもエネルギーを消費するだけ無駄だと思ったのか「しっかりしてよね」とだけ告げ、再びスタスタと歩き出した。

この先、無事何事もなく目的地に辿り着くことができるのだろうか。

追いかけようとした矢先、いきなり振り向いて舌をベッと出したヒヨリの姿が、まるで「つかまえてみせろ」と言っているように思えた。

「きっとつかまえてやるさ……！」

僕はキャリーの取っ手を握り直し、雑踏に消えそうになるヒヨリめがけ、大きく一歩を踏み込んだ。

＊

灼熱《しやくねつ》の炎天下、今まで体験したこともないような四方八方からの熱光線に包まれながら、もはやライフ残量ゼロ寸前というところで、僕らはようやく赤いレンガ造りの小さな家の前に辿り着いた。

「着いた……？　本当に着いたの……!?」

「そりゃ着くに決まってるでしょ。馬鹿じゃないの？」


駅の改札を抜けてからというもの、異常なまでに人のごった返した地下鉄車内でもみくちゃにされ、地上に出れたと思えば、交通量の多さに翻弄《ほんろう》され、道を渡ろうとすれば何を指示しているのかもよくわからない信号機の群れに踊らされ、と散々だった。

さらにはこの太陽光。

田舎では考えられないほど、攻撃的なこの暑さは、驚くほどの速さでライフポイントを奪っていく。


「僕……都会嫌いかもしれない」

「そ。まぁ来ちゃったもんは仕方がないんだから耐えることね」

可愛らしい日傘を差したヒヨリは、汗もかかずに完全無欠の無表情でそう言った。

これが都会の洗礼か……と既に今日四～五回は思い浮かべたであろう言葉を再び思い浮

かべる。

しかし、ヒヨリとのハッピー都会ライフを敢行するうえで、この程度のことで弱音など吐いているようでは振り向かせるどころか、生きて帰ることすらできないだろう。

そうだ、ネガティブな考えはよそう。この家のドアを開くところから僕たちの忘れられない共同生活が始まるのだ。

そう、ここから二週間足らずの期間。その間にヒヨリを振り向かせることができなければ、もう二度と僕にチャンスは回ってこないだろう。

それどころか、残りの長い人生を無駄にインドの地方文化を探求するためだけに費やすことになってしまう。それだけは絶対に避けなくてはいけない。

なにがなんでもこの滞在期間中にヒヨリのハートをゲットし、将来はヒヨリを嫁にもらい、インドで償として一生を遂げるのだ。

これしかない。

「あの～お邪魔しま～す」

などと下らない妄想に耽っていると、ヒヨリはそんなことお構いなしにインターホンを連打し始めた。

「ちょ、ちょっとそんなに鳴らさなくても……」

「え？　だって出てきてくれないんだもん。しょうがないじゃない。もしも～し！」

執拗にインターホンを鳴らし続けるその姿は、まるでヤクザの取り立てだ。

こんなに小さくて可愛いヤクザの取り立てならば、むしろ我が家にやって来て欲しい。

そして、できることなら僕を取り立てて欲しい。

「ね、ねぇヒヨリ、留守なんじゃないかな？」

「そんな訳ないわよ。アンタじゃないんだから約束した時間も日時も間違えたりしないわ」

「いや、そういう問題じゃ……」

僕の抑止の声に耳も貸さずにヒヨリが怒濤の連打を続けていると、ドアの向こうからガチャッと鍵を開けようとする音が聞こえた。

「あっ、ほらやっぱりいるじゃない。それにしてもお義兄《にい》さんに会うのも久しぶりだわ」

「う、うわ……なんか緊張するな」

もしかすると僕のお義兄さんにもなり得る人との初対面だ。

当然否が応にも心臓が高鳴る。ここはできる限りの凛々《りり》しい表情で臨まなくては。

背筋をピンと伸ばし、つま先の先にまで力を込めドアが開くのを待つこと三十秒。

依然としてガチャガチャと鍵をいじくり回す音は聞こえるが、一向にドアが開く気配はない。

「……なんだろうねこれ」

身体に入れた力みにも徐々に限界が訪れ、訪れた逆効果で全身がプルプルと震え出す。

顔にまで力を込めているからか、横に立っているヒヨリがこちらを見て「うわぁ……」と言わんばかりの怪訝《けげん》な表情を浮かべているのが、視界の端に見て取れた。

我慢、我慢だ。ここでお義兄さんに悪印象を抱かれる訳にはいかない。凛々しい姿で出会うのだ。

ガチャンという小気味のいい音が響き、ドアがゆっくりと開いた。

「はぁ。なにやってたんだか知らないけどやっと開いたわね。もう、お義兄さんなにやって……」

開ききったドアの向こうには額《ひたい》に汗を浮かべた、白髪の青年が何かを達成したような、喜びに満ちた表情を浮かべていた。

その容姿は話に聞いていたよりも随分若いように見えた。

たしかヒヨリとお姉さんとの年齢は大分離れていたはずだ。だとすると、目の前の青年が旦那だとすると相当な年の差婚ということになる。

「ご、ごめん。鍵の開け方わからなくて……」

鍵の開け方がわからない？　一体どういうことだ？　長いことこの家に住んでいるはずの人間がそんなこと言うものだろうか。

次々と頭に疑いが浮かび始める。いや、いやいや待て。そんなことを考えてはいけない。この人が本当にヒヨリのお義兄さんだったらどうする？　失礼な態度を取ってしまっては将来のもろもろに響いてしまう。

「ず、随分若いお義兄さんだね、ヒヨ……」

笑顔でヒヨリの方を見ると、ヒヨリは未だかつて見たこともないような表情をしていた。目はキラキラとまるで小さな宝石をちりばめたように輝き、頬はまるで梅の染料で丁寧に染め上げたかのように朱に染まっている。

「かっこいー……」

ヒヨリのその言葉とともに向けられた羨望《せんぼう》の眼差《まなざ》しは、目の前の白髪の青年に向けてのものだということは一目瞭然だった。

「ど、どどどうしたのヒヨリ⁉　え？　この人がかっこいいって⁉　だ、だってこの人お姉さんの旦那さんでしょ⁉」

ヒヨリは僕の問いかけに、青年から目を離さぬまま首を横に振った。

「ううん。初めて会う人。超素敵……」

ガシャンと、まるで陶器製の置物が落下したような、なにかが砕け散る音が聞こえた。久しく見ていなかったヒヨリによって葬られたアサヒナーたちの幻影が、これまた久しぶりに天空から一糸纏わぬ姿で僕を連れて行こうと降りてきた。一体何がどうなっているのだ。

ここはヒヨリの姉の家で間違いないはずだ。

なのに何故、ヒヨリも見たことがない人間が家の中から現れる？　いや、この青年は完全に不審者だろう。というかそうであるべきだ。

なんにせよ早く、ヒヨリの前からこの青年を排除せねば……！

「ちょ、ちょっとあんた一体誰なんですか！　ここはヒヨリのお義兄さんの家ですよね⁉

なんでここにいるんです⁉」

強気に詰め寄るも青年は、キョトンとした表情を浮かべるだけだった。

高身長に整った顔立ち、見れば見るほど気に喰わない。

「え？　ヒヨリって……あ、先生の言っていた人だ」

青年は納得した様子で玄関から靴も履かず、ぺたぺたとヒヨリの前に歩み寄った。

「初めまして。僕は……ええと、多分コノハっていいます」

「えぇ……やだ、どうしよ……！　あ、あの初めまして！　朝比奈日和といいます、先生……ってことはお義兄さんの生徒さんですか？」

「え？　うんと……そうなのかな」

「やっぱり！　お留守番しててくれたんですか？　お義兄さん忙しそうですもんね……」

「うん、来たら入れてあげてって」


いや、ちょっと待て。なにいい感じになっているんだ。コノハと名乗った青年と話すヒヨリの顔は、まるで理想の王子様に出会ったとでも言わんばかりに、相変わらずキラキラと輝きを放っていた。

そしてその視界には恐らく、すでに僕の姿は映っていないのだろう。

　グッグッと、憤怒によって心が煮えたぎる音が頭に鳴り響く。

「あ、あのさぁヒヨリ。ちょっとこの人怪しくないかな～……なんかその話も嘘くさい気がするんだけど……」

「はぁ⁉ あんたなに言ってんの⁉ こんなカッコいい人が嘘つく訳ないでしょ⁉ 馬鹿じゃないの⁉」

「ヒィ……ッ！」

　ヒヨリの一つ一つの言葉がグサグサと心に突き刺さり、とんでもなく我がままな理論によって見事に叩き潰された。

　その圧倒的な攻撃力の前では、僕の陳腐な理論武装など意味を成さず、ただただ小さく縮み上がることしかできないのだった。

「ね。コノハさん。こんなやつのこと放っておいて、さっさと中に入りましょ？」

「え？ いや、この子も出迎えるようにって言われてるんだ」

　そう言うと青年はぺたぺたと、今度は僕の目の前に歩み寄った。

「ええとコノハっていいます。その、よろしく？」

「……雨宮響也デス。ヨロシク……!!」

嫉妬の炎で怒り狂う胸中を必死に押し留《とど》め、なんとかその言葉だけを絞り出した。

「わ〜よかったわねヒビヤ。親切に挨拶してもらえて！　じゃ、中に入りましょ？　ねっコノハさん！」

「あ、うん」

ヒヨリに背中を押されながらバタバタと家の中に入るコノハの姿を、隠しもせず睨みつける。

一体アイツはなんなんだ？

ヒヨリのお義兄さんを「先生」と呼び、僕らを迎え入れるように頼まれていたってことは恐らく生徒かなにかなのであろう。

いや、そんなことはどうでもいい。

今一番重要なのはアイツを一刻も早くここから追い出し、いかにしてヒヨリの目をこちらに向けるかだ。

上空からこちらを指差しゲラゲラと笑うアサヒナーの亡霊どもに中指を立て、家の中に入ったところで、僕は後ろ手に思い切り玄関のドアを閉めた。

チルドレンレコード2

カチカチと室内に時計の音が鳴り響く。

時刻は、もう午後九時になろうとしているところだった。

うちっぱなしの天井には所々裸電球がぶら下がり、明る過ぎることのない絶妙な生活空間を演出している。

台所に立つキドが六人分の食器をテキパキと洗うこと数分。食器入れには綺麗《きれい》に統一された食器の山が築き上げられていた。

テーブルを挟むように対面に並べられたソファの向かい、たらふく夕飯を食べたコノハはウトウトと眠そうに目を閉じかけては「いかんいかん」と目を開ける作業を繰り返している。

「んにゃ……もう食べられません……あ、やっぱ食べまひゅ……」

オレの左横では、涎《よだれ》を垂らした無惨な妹が多幸感に満ちあふれた表情ですでに深い眠りに落ちていた。

……ちょっと待て。何だオレたちは。子供か。いや、キドが異常なまでに「お母さん」なのか。

本当に、いつのまにやら完全に友達の家にお泊まりに来た感覚になってしまっている。今朝方はメカクシ団の連中に対して「なんだこいつら、胡散臭《うさんくせ》え」と眉根《まゆね》にしわを寄せていたが、たった一日で随分と馴染《なじ》んでしまった。

しばらくぶりに人と話すオレですら、こんなに簡単になじんでしまうほど、ここの連中は気さくなのだ。

「夢の中でもご飯食べてるとはさすが妹さん……というか食べてからすぐに寝ましたけど、これどうなんですかご主人」

「知らん。牛にでもなりたいんじゃないのか？」

よほど疲れていたのか、モモは夕飯をこれまたたらふく食べたのち数分で眠りに落ちた。

「さっきは太ってるとか言われてブチ切れてたくせになんなんだこいつは……」

当の本人は恐らく、すでにそんな話はまったく覚えてもいないのであろう。「嫁入り前だというのにこれではあまりにも……」などと考えるのも無駄だと気づいたのは、もう随分前のことである。

「まぁ、いいじゃないか。疲れていたんだろう。おいキサラギ、起きろ。寝るなら俺の部屋で寝ろ」

洗い物を終えたキドが、胸元に「技」と刺繍《ししゅう》の入った職人気質なエプロンを外しながら、モモに歩み寄った。

ペチペチとモモの頬を叩くも、本人は「えあ〜、意外と食べれますね……」と、未だ夢の中で幸福な食事を敢行しているようだ。

「あ〜わりぃな。そいつ一回寝たら朝まで起きねえんだわ。ほっといていいぞ」

「そういう訳にもいかんだろう。しょうがない運んでやるか……うッ⁉」

そう言ってモモを抱きかかえようとしたキドの表情が、予想以上の何かに小さく歪《ゆが》む。

「い、意外と……あるなキサラギ……ッ！」

なんとか抱きかかえるも、キドは先ほどヒビヤを軽々運んでいた時とは比べ物にならないほどに息が上がっていた。

そういえば前にモモが載っていたアイドル辞典かなにかには、見た瞬間思わず「フッ」と鼻で笑うような体重が書いてあったはずだ。

ノシノシとモモを運んでいくキドをボーッと見送っていると、今度は目の前のソファから「グーグー」とコノハのいびきが聞こえてくる。

こいつも不思議なやつだ。ボーッとした表情は、本当に何を考えているのかわからない。

初めてあった奴らの家だというのに警戒心も持たず、すやすやと眠る。

……まるで子供がそのまま大きくなったみたいなやつだ。

先ほどのヒビヤの態度を見ていると、こいつらにはかなり複雑な「なにか」があったのだろう。

いや、こいつらに限ったことではない。エネにも、メカクシ団の奴らにだって、表に出さない事情があるのだ。

先ほどのエネの様子をみるに、つい忘れがちになってしまっていたが、こいつにもなんらかの過去がある。こんな特殊な存在をかくまっていること自体、とんでもないことのはずだ。

「オレのところに来る前に、こいつには一体何があったのだろうか」と考えることもない訳ではないが、尋ねたところでいつも、なにかとはぐらかされてしまう。

ふと、おもむろに携帯の画面を見ると、オレの思考など知る由《よし》もないであろうエネは、いそいそと布団を敷き始めていた。

「……なにやってんだお前？」

「え？　なにって寝る準備ですけど」

「あ、あぁそう……」

エネは以前「私はハイスペックなんでまったく寝なくとも大丈夫なんです！」と豪語していたはずだが……

いや、これ以上はもはや突っ込むのも面倒なので、止めにすることにする。

「ふぅ、待たせたな」

ドアがバタンと閉まる音とともに、キドは肩をグルグルと回しながらそう言った。

「にしても、あいつは少し飯の量を減らした方がいいな」

「はは、わりぃなホント。連日お邪魔しちまって」

「いや、こちらの都合だ。気にするな。しかし今日は……もう全滅だな、これは」

戻ってきたキドはあきれ顔でそう呟きながら、対面のソファに腰を落とした。

現状起きているメンバーはオレとキドとエネの三人のみ。先ほど脱落したコノハは、キドの横でぐにゃりとソファに倒れ込み、だらしなく両手を投げ出している。

「あらら、ニセモノさんもご就寝みたいですね～。ご勝手なことで」

エネは先ほど敷いていた布団に潜り、顔だけをひょっこり出した状態で、コノハの寝顔をジトッと眺めながらそうぼやいた。

「何だその『ニセモノさん』ってのは？」

「ん。この人につけたあだ名です。紛らわしいんで私はこう呼びます」

「あぁ、知り合いに似てるって話か。そもそもお前の知り合いって一体……」

質問を口にしようとしたところで、エネはギロリとこちらを睨みつける。

「な、なんだよ……。あ～わかったわかった。聞かなけりゃいいんだろ……？」

俺がそう言うと、エネは満足そうにニッコリと微笑んだ。

「わかればいいんです。まぁ、わかってないのは私なんですけどね。鈍感なご主人にもちゃんと話してあげますよ。そのうちに」

そして今度は少しもの悲しげな表情を浮かべる。

いつものようにすっかりはぐらかされてしまう訳だが、こいつの口から「いつか話す」という言葉を聞いたのは、初めてかもしれない。

いや、こいつのことだ。もちろん適当に言っているだけかもしれないが。

「まぁ、それぞれいろいろあるってことだ。というか、まさにそんな話をしなくてはと思ってこいつを招いた訳だが……」

キドは横を見下ろすも、コノハはすっかり深い眠りに落ちてしまっている。先ほど寝ないように踏ん張っていたのは一体なんだったのであろうか。どうみても惨敗だ。「はぁ……」というキドの溜め息とともに、いよいよコノハはずるりと地面に落下した。

「この調子じゃあな。なんにせよ今の時間からどうこうということもできないだろうが」

キドは背もたれに大きくもたれかかり、そこに腕をかけ、足を組んだ。

「明日……か。アイツ、結局どうなってるんだ」

「ん？　あぁ。ヒビヤって言ったか、アイツの目に浮かんだのは恐らく、俺たちと同じ『能力』が現れる兆候だ」

キドは天井を見つめながら、そう言った。

あの後ヒビヤは結局目を覚まさなかったが、不安定な状況に変わりはないらしく、状況を把握したセトが念のため見張り兼看病をすると申し出た。というのが現状だ。

「そうか……まぁ、セトが看病してくれるってんなら、なんか安心感があるな」

オレも何となくに天井の裸電球を見つめながらそう言うと、キドはクスッと小さく吹き出した。

「いや、あいつもしっかりしてくれてはいるが、弱いところもあるよ。大方、もう眠ってしまっているかも知れないな」

出会ってからというもの、セトは「随分しっかりした人間」という印象だったが、付き合いの長いキドだからこそ思うところもあるのだろうか。

それはそうだ、今朝出会ったばかりのオレが、そいつのことを深く理解できるはずもない。

「なぁ。あんたらって……」

「ん？　なんだ」

言いかけて言葉に詰まったオレを、キドはキョトンとした表情で見つめた。聞いていいものなのだろうか。聞いてしまうと後戻りできなくなるのではないだろうか。考えてはみるものの、眠気も手伝って、おもむろに口を開いてしまう。

「あんたらのその目……聞いていいもんなのか正直わからねえが、普通じゃねえよな。モモにしたってそうだ。アイツはああなった時のことを覚えていないと言っちゃいるが、どうもあんたらと無関係だとも思えない」

包み隠すことのないオレの質問を、キドは相変わらずキョトンとした顔で聞いていたが、話し終わった途端、ふっと温和な笑みを浮かべる。

「……こいつの前にお前に話しておくべきだったな。すまない」

そう言ってキドは前屈《まえかが》みになり、膝の間で手のひらを組んだ。

「え、いや。全然いいんだけどよ。なんというかやっぱ気になっちまって……」

妙に照れくさくなり、目を逸《そ》らしてしまう。

「いや、話すべきことなんだが……ただ、お前の言うように普通とは少し違う話で、おおっぴらにできるような話じゃない。この能力のせいで俺たちは虐げられもしたんだ。だから、すぐに話すことは、身を守るためにもできなかった」

キドの話の内容に思わず顔を上げる。

その表情には悲しみの色はなく、ただただ強い意志を宿したような、曇りのない瞳が佇んでいた。

「そ、そうだよな。オレにはわからねえことだし、そりゃあ……な」

そうだ。こいつらのことを知ったところで、オレは何をしようというんだ。そう、さっき言葉を詰まらせた原因が、それだ。

興味本位で聞いてどうする？

何ができる？

ヒビヤが巻き込まれたという『事件』は、本人の言葉からするに人が死ぬような話だ。

もしかすると警察沙汰にもできないような事件なのかもしれない。

ヒビヤはキド達と同じ能力に目覚めかけ、キド達はそれを保護し協力すると言っている。

オレはどうする？

本当に聞いてしまっていいのだろうか。

ここで何も聞かず、明日の朝何食わぬ顔で家に帰り、いつもの生活に戻るという道もあるだろう。

そうだ、オレには関係がない話だ。オレには……。


『マタニゲルノ？』

刹那《せつな》、ゾクッという感覚が背筋に走った。心臓が鷲掴《わしづか》みにされたように痛み、ゆっくりと額に冷や汗が滲んでいく。


「シンタロー？　おい、大丈夫か。具合が余りよくないように見えるが……」

「あ、あぁ。いやなんでもねえ。大丈夫だ。わりい」

「……そうか。お前も疲れてるのかもな。続きは明日にしようか？」

明日。明日オレはここにいるのだろうか。エネはさっきオレに「帰りましょう」と言った。定かではないが、俺の身を案じているのかも知れない。

だが、しかし……。

「……いや、少しでもいい、聞かせてくれ」

このままあの部屋に戻ったところで、何があるというのだ。

もしかするとオレは、こいつらと離れたくないのかもしれない。また一人に戻るのが怖いのかもしれない。

「わかった。なら話そう。オレがこの能力を手に入れた時の話だ」

キドは、何かを悟ったように再び微笑むと、瞬《また》きをし、自らの目を赤く染めてみせた。

「目を隠す能力……なんてカノは呼んでいるが、要は自分や周りの物体の認識を薄くする能力だ」

そう言うと、キドは机の横に置いてあった雑誌を手に取った。キドがそれを俺の目の前に掲げると、その雑誌は端から徐々に薄くなり、綺麗さっぱり消え去ってしまった。

マジマジと見ると、改めてとんでもない能力だということがわかる。キドがあまりおおっぴらに話さないというのも当然のことだろう。

こんな能力、大勢に知られてしまっては、連日報道局は大忙しになってしまう。挙げ句何処かの研究施設に連れて行くだのなんだのと、最悪の話になってしまうかもしれない。

「『これ』を手に入れる前、俺にも親がいた。と言っても母親は血が繋がっていなかったがな。酷い父親だったんだ。散々女遊びをした挙げ句に会社は倒産。それでもって最期は家に火をつけた」

「な、なんだそりゃ……」

時間にしてわずか数秒で語られたキドの過去は壮絶なものだった。しかしキドは思い出すのが辛いという様子でもなく「そんなこともあったなぁ」と、まるで小学校の思い出を語るかのような落ち着いた口調だった。

「はは。酷い話だろ？　だが、本題はここからだ」

「お、おう……」

「父親が火をつけたとき、俺と俺の家族は全員家の中にいたんだ。俺は姉と二人で部屋から逃げられなくなってしまってな」

「し、死ぬだろそれ……」

正直かなり怯えながら聞いていると、キドはそれに気づいたのか少し意地悪な笑みを浮かべ、話を続ける。

「あぁ、死んだんだよ。いよいよ息もできなくなって、身体も燃えた」

「ひぃぃ……」

「そして、その時見たんだ。家の壁がぐにゃりと割けて、大きい牙《きば》のついた口みたいなものが拡がったのを！」

「うわぁあ！」

キドはとっておきの怖い話をするように、随分とノリノリでそう話した。

それは時期が時期ということもあり、覿面《てきめん》にオレの恐怖心を煽《あお》ることに成功する。

本日お化け屋敷で散々の痴態を披露していたこいつにビビらされるというのは、非常に無念だ。

しかし、キドは散々盛り上げたわりにはなかなかその先を話さず、どうだと言わんばかりに腕を組み、得意げな表情をしていた。

「……そ、それで？」

辛抱堪らずそう尋ねると、キドは姿勢を崩さぬまま、得意げに返した。

「ん？　終わりだ」

「は？」

肩すかしを喰らったような感覚に、思わず空いた口が塞《ふさ》がらなくなる。

今の話だと主人公は全身大火傷《やけど》を負い、挙げ句の果てに得体の知れない巨大な化物に喰われたことになるのだが、目の前のこいつは消化された様子もなく、どうにも話が繋がらない。

「じゃ、じゃあその能力って結局なんなんだ⁉」

「あぁ、家の焼け跡で目が覚めたら使えるようになってたんだ。負ったはずの火傷もある程度綺麗さっぱり消えているし、なんとも不思議な話だ」

「じゃ、じゃあそのぱっくりあいた口みたいなやつってのはなんだったんだよ」

「それも姿を見ただけで、それ以降の記憶がすっぽり抜けてしまっててな。恐らく飲み込まれたんだろうが、助かったのはオレだけだし、一体何がどうなってこうなったのかは、よくわからん」

キドは両手を小さくあげ「お手上げなんだ」という意味のジェスチャーをした。

結局話の全容を聞くには聞けたが、本人にもわかっていないことが多く、謎は深まるば

かりだ。

「なるほどな……ってことはお前等も案外よくわかっちゃいねえってことか」

「あぁ。もちろん、調べられる限りのことは調べているつもりだが……まぁ真っ最中ってところだ。ガキの頃の俺は警察にも必死になって話したんだが、結局何の進展もなかったよ」

確かに、こんな内容をストレートに話しても、信用どころか余計に話がややこしくなるだけだろう。

なるほど、ヒビヤの身に起こった事件というのがキド達と同じような実態のものだとしたら、確かに警察に話すのは得策ではないかもしれない。キドがここに連れて来たというのも、協力しようと言ったのも、かつての自分の姿を重ねてのことだったのだろうか。

『警察に信用して貰えない部分』。そう、そこがどうしても引っかかる。

今の話の中でとにかく一番異質なところは、キドが飲み込まれたというその「大きな口」だろう。それ以外の内容は凄惨《せいさん》なものだが、現実起こりえないものではない。こいつらの「異常」に繋がりそうなポイントと言えば、そこだ。

「他の連中はどうなんだ？　カノやセトもその『大きな口』に飲み込まれたって言っているのか？」

「カノは『まったく同じものを見た』と言っていたが、同じようにその直後から記憶が抜けてしまっているようでな。セトの場合は川で溺《おぼ》れて以来そうなったらしく、見たかどうかも曖昧《あいまい》らしい」

キドの「溺れた」というワードに、それこそ霞《かすみ》がかったような記憶だが自分たちの幼い頃のことを思い出す。それは今までにも時たま思い出していた記憶だったのだが、キドの話を聞いたことで、それは今までとは違う不気味な雰囲気を纏い始めていく。

「……そういやモモがああなり始めたのも、あいつが海で溺れてからだったかもしれない」

「キサラギが？」

「あぁ、そうなんだが……あんまりこういう話アイツにしないでやって欲しいんだ。その時その……助けようとした、親父《おやじ》も……」

当時、流されたモモを助けようとした親父の姿を、大勢の人間が見ていたらしい。親父がモモのところまで泳ぎ着いたというところで、二人は波に飲まれた。

塾に通っていたオレはその話を後に母さんに聞いたのだが、直後懸命に捜索が行われるも親父はみつからず、翌日、モモだけが砂浜に打ち上げられているところを発見、救助されたとのことだった。

「そうだったのか……わかった。キサラギには無闇にしていい話ではないかも知れないな」

「助かるよ。ただ、お前のさっきの話を聞いて思うところがあるんだ」


そう、どうもモモの溺れた話は、先ほどのキドの話と重なる部分がある。

キドはさっき「焼け跡で目が覚めた」と言った。ということは、家が全焼し燃え尽きるまでの期間、そこにいたということだ。

モモが見つかったのは翌日。モモにしてもその間、海の中に居続けたことになる。

単純に考えて、そんな状態で人間が生き残ることができるだろうか？

いや、ありえない。奇跡的に、ということはもしかするとあるのかもしれないが、この場合において、その言葉にすがることは無意味だろう。

なぜなら、キドが見たという「大きな口」の話を加味すると、すべて辻褄《つじつま》が合うからだ。

キドが焼かれる瞬間、モモが窒息するその瞬間にその「大きな口」が二人を飲み込んだとしたら、どうだろう。その間の時間、二人はその中に閉じ込められ、二人は見つかる直前にそこから「吐き出された」のだとしたら。

確かに突飛《とっぴ》な話だが、キド、モモの持つ『目の能力』がこの話の証明になり得るのではないだろうか。

「お前達の目の能力っていうのが、お前の見たその『大きな口』が原因だと考えると、モモもその時にそれに飲まれたんじゃねえかってさ……いや、まぁ突飛な話だが」

確かに突飛な話だが、常識なんてものこそこいつらの持つ『目の能力』の前には、無力だと感じる。

こいつらの身に起きた話を照らし合わせると、どうにもその「なにか」の存在が鍵になっている気がしてならない。

ありえない能力の元になったありえない存在……。

「ふむ、確かに俺たちも似たようなことを考えてはいたんだが、キサラギの身に起きた話を加味すると、能力の発動の原因が『あれ』だと考えて間違いはないだろう。カノのやつも同じようなものを見たと言っていることだし現状は……な。ただ……」

「ただ？」

キドはなにか引っかかっているという様子で、口元に手をあてた。

なにか一つ一つのピースを頭の中で組み立てているかのように、目は机の一点を凝視している。

「いや、な。キサラギの話もそうなんだが、俺たちは総じて『誰かと一緒に』死にかけているんだ。カノは自分の母親と、セトは友達とそうなったと聞いている」

キドはまだなにかを考えながらなのか、机に目線を落としたままでそう言った。

「だが、助かっているのは俺たちだけだ。しかも一緒にいたやつは結果的にかもしれんが『消失』している」

キドの話を聞いて、ハッとなる。

「なぁ、お前の家が火事になった時、一緒にいた家族ってのは……その、遺体とかって見つかったのか?」

「あぁ、見つかった。父と母だけ……な。ただ、姉は遺体すら見つかっていない。焼け跡から生きて発見されたのは俺だけだ」

「ってことは……」

二つの事件、目に宿った能力、『大きな口』。

そしてヒビヤの言った「女の子が死んだかもしれない、助けに行く」という言葉によって、ある一つの仮説が浮かび上がる。

「お前達は、誰かと一緒に『なにか』に飲み込まれて、その後それぞれ一人だけ能力を得てこちらに戻ってきた……？」

キドはオレの言葉の続きを話すかのように、重ねて喋り出す。

「そして一緒に飲み込まれたやつらは未だ誰一人見つかっていない。とすると、あっちに飲み込まれたままになっているということになるな」

予想もしていなかった突飛な事実は、偶然によってかもしれないが、仮説として形を成した。モモに現れた能力、いなくなった親父、知る由もなかった「真実」が、まるで必然のように、少しずつ導き出されていく。

「実際俺たちもそうなんじゃないかと思ってはいたんだ。『もしかしたらあの『口』の中で、大事な人が生きているんじゃないか』と信じて、できる限りでその正体を探っている。だが、全員肝心の『あちら』にいた時の記憶がすっぽり抜けてしまっていてな……」

キドは再び溜め息をつき、背もたれに凭《もた》れかかった。両親を、家族を、大事な人を失ってから今の生活に至るまで、こいつらはどれほどの辛い目にあったのだろう。

もしかすると孤独になり、奇怪な能力によって虐げられてきたのかもしれない。

そんな生活の中で、どんな気持ちで生きてきたのだろうか。

想像もつかないオレは、自分が本当に自分中心に不自由なく生きてきたのだと、実感した。

そうだ。すべてを諦め、自ら孤独を選んだオレに、こいつらの何がわかるものか。

こいつらはその「辛さ」が痛いほどにわかっていたからこそ、倒れたヒビヤに「協力する」と言えたのだろう。


「まぁ、そういった訳だ。能力が手に入った経緯は、わかるようでわかっていない現状だと思ってくれ。ただ、ヒビヤに関して能力をある程度扱えるようになるまで、面倒は見てやろうとは思う。その点は馴れてるからな」

キドは張りつめていた雰囲気を少し崩してそう言った。

「あいつが一緒に飲み込まれたと言っていた子の安否はわからんが、少しずつでも一緒に探して……」


「いや、ちょっと待てよ」

キドはあらかた話し終えたという雰囲気を出したが、この話はまだ、終わっていない。

まるで必然かのように、誰かによって次に進む道を与えられたかのように、次の進路が目の前に現れていたのだ。

「あんたは『あちらにいた時のことは覚えていない』って言ったよな？　『全員そうだ』とも言ったはずだ」

「あ、あぁ。確かにそうだ。思い出せるのは目を覚ました時からだけだ」

キドは一体何を聴かれているのか、検討もつかない様子で、少し怯えたように応えた。

「いや、思い出したんだよ。ヒビヤはさっきコノハに向かって『あんたはずっと見ていただけだ』とか言ったよな。もしかしたらあいつ……」

ここまで話してキドは、オレの言葉の真意に気づいたのか大きく目を見開いた。

「覚えてんじゃねえのか？　その飲み込まれた向こう側ってやつを」

途端にキドはガタッと立ち上がり、何処かへ向かおうとする。

「お、おい何処に行くんだよ⁉　アイツ今寝てるんだろ⁉」

そしてオレの声を聞き、再びハッとなってソファに腰をおろした。

衝動的に動いてしまったことに照れくささを感じているのか、キドは頬を赤らめて目を伏せる。

真剣に話している時とのそのギャップに「あぁ、こいつ女の子なんだっけ」と、口にすればカノばりに吹っ飛ばされてしまいそうなセリフが頭をよぎる。

「まぁ、そうだよな……オレだってそうさ。親父になんてもう何年も会ってねえし、もし会えるんなら……」

会ったところでどうする？

何が言える？

何年も閉じ籠って、腐ってしまった息子を見て、親父はどう思うのだろう。


「シンタロー？」

「ん？　あぁ、わりぃわりぃ。……まぁ、とりあえず続きは明日にするか。カノも帰ってこねえみたいだしな」

アジトには壁掛けの鳩時計やらデジタル時計などがあちらこちらのいたるところに置かれている。小振りな棚の上に置かれた、よくわからぬ液体のようなものがポタポタと垂れている機械ももしかすると、時計なのかもしれない。そんな時計達は寸分の狂いもなく、各々《おのおの》の方法で午後十時半を示していた。

「ん、そうだな。アイツは何をやってるんだか……。それにしても今日は随分と疲れてしまった。これだけ大勢をここに招いたのなんて、初めてのことだしな」

キドは玄関の方を眺めながら、やれやれと、しかし隠しきれない嬉しさのようなものを言葉に滲ませて、そう言った。

「その『団長』ってのは、結構疲れるみたいだな」

オレがそう言うと、意外にも恥ずかしいところだったのか、キドは先ほどよりも明確に頬を赤らめた。

「う、うるさいっ！　いちいち突っ込むな！　も、もう寝るぞ！　いいな⁉」

そう言うとキドは、先ほど取り乱したばかりだというのに、先ほどよりも勢いよくガタンッ！　と立ち上がり、自分の部屋に向かい、歩き始めた。

その姿を唖然として見守っていると、キドはピタリと足を止めて振り返り「布団は出しておいたそこのやつをコノハと使え」と玄関脇に積まれた毛布を指差し、バタンと部屋の中に消えていった。

「なんなんだアイツは……」

いくら真面目ぶっていても、女の子ということなのだろうか。だとするなら俺には到底わからない生き物だ。深く考えるのはよそう。

ふと考えるのを止めた途端、オレも相当限界だったのか、身体が途端に倦怠感《けんたいかん》に襲われた。

「はぁ……マジで疲れた……」

ギシッとソファから腰を上げると、案の定身体は鉛のように重たくなっていた。

なんとか毛布のところまで辿り着き、上から二枚適当に手に取って、再びソファのところに戻る。

床に寝転がり死んだように眠るコノハに毛布をかけたところで、そういえば電気をどう消せばいいのか聞いていないことに気がつく。

「ええと……スイッチ何処だスイッチ」

部屋をぐるりと見回すも、それらしいものは見当たらない。

あぁ、一番めんどくさいパターンのやつだ。もう寝たいというのに一体どうしたらいいものか。かといって電気をつけたまま眠るのも……。

そんなことを考えながら室内をウロウロ物色していると、背後に何者かの気配を感じた。

驚いて振り返ると、そこには白いフワフワとしたパジャマを纏った、白いモコモコした髪のマリーが、まるで不審者を見るような目で、こちらを見つめていた。

「……何してるの？　シンタロー」

『説明しよう！　シンタローはいたいけな少女にジトーッと見つめられることで、大量の冷や汗を放出することができるのだ！』と脳内に熱いナレーションが鳴り響く。別段悪いことをしている訳でもないのだが、まさにその通りに冷や汗をかきながら、なんとか笑顔で対応する。

「お、おお！　マリー！　いやぁ、ちょっと電気を消したいんだが、場所がわからなくてな！」

理由を説明すると、マリーはすっと普通の表情に戻り、壁にかけられているダーツボードを指差した。

「電気はそこっ。あの真ん中を押すの」

胸を撫で下ろし、マリーに言われるままにダーツボードの中心を押すとカチッという音とともに、吊るされたすべての裸電球が消灯した。

「ひ、ひいいい！　いきなり消さないでっ！」

途端に叫んだマリーの声に心臓が飛び上がり、慌ててもう一度スイッチを押すと、マリーの表情は再び先ほどの訝《いぶか》しげな表情に戻っており、さらには目尻に涙を浮かべていた。

「……なんてことするの？」

「い、いや！　試しに消しただけだろ⁉　って……ああ悪かった悪かった！」

あぁ、なんて面倒くさい。早く寝てしまいたいのに、なんだってこう面倒が起こるのだろうか。

「わかった……」

そう言うとマリーはくるりと向きを変え、部屋の方に戻っていった。

なぜマリーは起きてきたのだろうか。尋ねようとは思ったが、そのまま戻ってくれるのであれば、変に刺激をしないに越したことはないだろう。

「お、おやすみ～……」

オレは手をフラフラと振り、マリーが部屋に入ったのを見届けて、電気を消した。

はぁ……と溜め息をつき、何となくの位置でソファを目指す。

ソファに横たわり、毛布をかけたところで、いつものくせで携帯を見ると、エネは変わらず布団の中に潜り込んでいるようだった。

「めんどくせえやつ……」

声に出してそう言うも、布団からはなんの反応もなかった。

そのまま携帯を机の上に起き、目を瞑る。

暗闇の中、室内にはエアコンの低く唸《うな》るような音だけが響いていた。

振り返ってみると、今日はたった一日とはとても思えないほど、長い長い日だった。

メカクシ団のやつらは、今朝会ったばかり……いや、厳密には昨日のデパートで会っていたらしいが、こんなにも短い時間ですっかり馴染《なじ》んでしまうほどに、気のいい連中だ。

思えばこんなことは初めてかもしれない。

友人の家に招かれ、飯を食い、自分たちの身に起きたいろいろな話をしながら、明日の予定を話す。

これだけ聞けば、なんのことはない友人達との平凡な日常のようだ。

少し突飛な話ばかりだが、こんなオレがこんな機会に恵まれるとは思ってもみなかった。

……本当にいいんだろうか。本当に。

出会えば出会うほど、笑えば笑うほど、ドンドン薄れていってしまう気がするのだ。

それでも、それでも今の少しの間だけ、この夏の間だけでも、こいつらと出会った意味を感じていても、いいだろうか。

暗闇の中、自分にではなく、いるはずもない明確な誰かに向けてそう問いかける。

「ねぇシンタロー」

「……なんだよ」

「友達、たくさんできてよかったね。皆と一緒にいれて、楽しい？」

「そんな訳ないだろ。そんな風に思えたことなんてねぇよ」

「嘘。だって今日のシンタローすごい楽しそうにしてたよ。あんなに楽しそうに笑ってるシンタロー初めて見たかも」

「そんなことねぇって。連れ回されただけだ。こっちはヘトヘトだよ」

「ねぇ、シンタロー。私のこと覚えてる？」

「なに言ってるんだよ、当たり前だろ？」

「じゃあ、私の名前呼んで？」

「え……なんだよ急に、どうしたんだよ」

「ねぇ、シンタロー。名前を呼んで？」

「や、やめてくれよ……もうやめてくれって……」

「やっぱり……ダメ？　私のこと、思い出せない？」

「もう……やめてくれよ。頼む、頼むから……」

「ねぇ、シンタロー」

「う、あああぁッ‼」

「うわあああ⁉」

勢いよく起き上がった。全身は汗まみれになり、頭の中はグジャグジャとなにかにかき混ぜられたように朦朧《もうろう》としてしまって、うまく機能しない。

辺りは真っ暗だった。空間にはエアコンの低く唸るような音だけが響いている。

ここがメカクシ団のアジトで、ソファの上に自分が寝ていたのだということに気づくまで、しばらく時間がかかってしまった。

「びっっっくりしたぁ！　どうしたの⁉」

途端に視界が明るくなり、先ほどまで見ていたアジトの風景が、変わらずその姿を現す。

振り返ると、ダーツボード型のスイッチに手をかけ、心配そうにこちらを見つめるモモの姿があった。

「あぁ、お前か。いや、大丈夫だ。ちょっと夢見てた」

「ど、どんな夢なのさ……酷い顔してるよ？」

モモはおどおどと駆け寄り、オレの顔をマジマジと見つめる。

「なんでもねぇって。それよりお前、どうした？　寝てただろ」

「え？　いやぁ、ちょっと目が覚めちゃって……ついでにあの子の様子でも見ておこうかな～って」

モモは起こして申し訳ないといった態度で「たはは」と笑った。

「……そうか。別にお前に起こされた訳じゃないから安心しろよ」

「う～ん。でも昨日今日とたくさん動いたし、やっぱり兄ちゃん疲れてるんだよ。ゆっくり休んでね？」

「そうするよ……あぁ、そういえば」

そう言ってオレはソファから立ち上がり、しゃがんでいたモモを見下ろすような形で、面と向かった。

「な、なに……？　どうしたの兄ちゃん……」

「お前、どうしてこんなことするんだ？」

オレの質問に対して、モモは焦りと怯えを混じらせたような表情をする。

「え、えぇ……質問の意味がちょっとわからないんだけど……」

目を逸らさないオレと対照的に、モモは堪らずか視線を床に落とす。

「モモは一度眠ったらテコでも起きねえ。苦労してんだよ昔から。それにモモはヒビヤとさっき大喧嘩をしてる。夜中に心配して見回るとも思えねえ。それに……」

そこまで言ったところで、すでにモモは何も言わなくなっていた。床を見つめているせいか、その表情も読み取れない。

「モモはオレのこと『お兄ちゃん』って呼ぶんだよ。カノ」

一瞬大気が揺らめき、次の瞬間スッと立ち上がったカノは、日中と変わらぬ人を喰ったような笑顔で、こちらを見つめた。

「……いや〜、やっぱり面白いなぁ、シンタロー君は。最高だね」

「そりゃどうも。じゃあ、話してもらおうか。なんでわざわざこんな夜中にモモに化けてたのかをよ」

オレの一歩も引かない態度を前にしても、カノは表情を変えることなく、相変わらず不気味な笑みを貼り付けたままだった。

「はは。随分嫌われちゃったねぇ。まぁしょうがないか、大事な大事な妹ちゃんに化けられたら……ねぇ？」

カノはウインクし、小馬鹿にしたような態度を取る。

それはいつもエネがオレに対してするような馬鹿の仕方ではなく、人の一番触れられたくない部分を、ぶしつけに撫でくり回すような、醜悪さに満ち溢れていた。

「別にそういう訳じゃねぇ。なんだってお前は自分の家で人に化けてんだよ。その理由を話せって言ってんだ」

「う～ん、もちろん僕は僕なりに意味あることをしているつもりだよ。でも、それを話してどうなるの？　それを知って、シンタロー君はどうするのかなぁ」

カノはくるりと向きを変え、オレに背を向けたまま、両手を広げた。

「だっておかしいじゃない。こういう時だけ張り切っちゃってさ。大事なこと、忘れてるんじゃないかな～って思うんだけど？」

あちらを向いたままのカノの表情は読み取れない。

しかし、対照的にまるで心の内側を見透かされているかのような言葉に、ズキンと胸が締め付けられた。

「……一体何が言いてえんだよ」

「ん～？　いやいや、そのまんまの意味だよ。シンタロー君ってな～んか大事なこと、すぐ忘れちゃいそうな顔してるんだもん」

ふいにカノの頭上の裸電球がパチパチと点滅を始めた。

それは瞬くたびにカノの後ろ姿を、ストロボのように点滅させる。

「てめぇに何がわかるってんだよ……ッ！」

「あ～図星？　嫌だなぁ、熱くなっちゃって。やっぱり忘れてたんでしょ。シンタロー君は」

カノの態度に対して、怒りが沸点に達する。

「なんも忘れてねぇっつってんだよッ‼」

そう言ってカノの方に掴みかかり、無理矢理にこちらに振り向かせたところで、一瞬大きく電球が瞬いた。

次の瞬間、高鳴っていた心臓が、グシャリと握りつぶされる。

「じゃあ、なんで私のこと、助けてくれないの？」

肩まで伸ばしたセミロングの黒髪に、焼けるような色の赤いマフラー。

見間違うはずもない笑顔のアヤノの姿が、そこにはあった。


「あ、あ……」

足の力がガクガクと震え出し、今にも倒れそうになる。

頭はもはや現状を理解することを放棄し、口から言葉にならない音を垂れ流させた。

「ねぇ。シンタロー答えてよ。それとも私のこと、もう忘れちゃった？」

無機質な笑顔のままグッと顔を近づけたアヤノの、光のないまるで作り物のような両目に見つめられ、オレはもう息を吸うこともままならなかった。

「ち、ちが……オレ……」

今までずっと、何年も思い続けていたものが一気に溢れ出そうとするも、それを言葉にすることはできず、何一つ伝えることも叶わない。

アヤノは、待ってはくれなかった。あの日のように、何も伝えることができぬまま。

「もういいよ。さよなら、シンタロー。幸せにね」

次の瞬間部屋中の電気が一斉に落ち、一瞬の暗黒の後、再び明るくなった目の前からアヤノの姿はこつ然と消えていた。

ガクンと足が崩れ、膝から床に落ちていく。

震える両手を床につき身体を支えるも、何かが決壊したように溢れ出した涙がボロボロと零れ出した。

誘発するように、次々と押さえ込んでいた感情が溢れ出し、身動きが取れなくなってしまう。

……これは罰なのだろうか。アイツの言葉に耳を傾けず、手を差し伸べることができなかったオレへの罰なのだろうか。

「ごめん……ごめん……」

いまさら出てきた言葉は、部屋の中に小さく響き、行き先もわからぬまま、静かに消えて行った。

カゲロウデイズ03

ジワジワとせみの鳴き声が響く。

こんな都会にも蝉なんているのか、と一つの街路樹を眺めるも、そこにその姿を見つけることはできなかった。


蝉の寿命は一週間しかもたないとよく言われるが、実際のところ幼虫の期間、何年も何年も土の中に潜り続けているため、実際の寿命は相当長いのだという。

だとするならば今のこの鳴き声は、何年も土の中で溜めた力を、精一杯放出しているということなのだろうか。

何年も土の中に潜って力を溜め続けても、いざ外に出た途端に踏みつぶされてしまうような今の僕には、その姿は美しく、純粋に羨ましく思えた。


「ほら、着いたわよ」

スーパーの買い物袋を下げた腕でヒヨリが指差した、少し低めの石造りの塀の向こうに、目的地である墓地が拡がっているのが見えた。

「ところであんたなんかすごい顔してるけど、それ大丈夫？」

「え？　そう？」

「うん。まずクマは酷いし、なんかやつれてるし」

ヒヨリが指摘した僕のやられっぷりというのの大きな原因は、そもそも当の質問者にあるのだが、その様子を見ると本人はまったく気づいてすらいないのだろう。

なんにせよ、昨日の一連の出来事に対しての僕のストレスは、この身に受けるにはあまりにも大きすぎるものだった。

まず、家に到着してからというものヒヨリはコノハにぞっこんといった様子で、僕に対して今まで以上に興味を示さなくなり、完全に邪魔者扱いを受けるという仕打ちを受けた。

そもそも昨日は「携帯を選びに行く」という当初の約束をしていた日でもあったのだが、必死の懇願の先に「めんどくさ」と言われながらもなんとかヒヨリを連れ出し向かった先のデパートが、なにかの事件の影響で営業していないという、最高にアンハッピーな事態に直面し、やむなく撤退。

他の携帯ショップに行ければ話は早いのだが、そもそも子供だけでは携帯というのは契約できないらしいのだ。

よって「そのデパートのお偉《えら》いさんがヒヨリの父と親交がある」という強みで特例的に携帯を手に入れる流れだった今回の作戦は、見事に水泡に帰すこととなった。

「じゃ、携帯は延期ね」とヒヨリは速攻で割り切り、昨日は終始、あの家で見たくもないものをいちゃいちゃと散々見せつけられるハメになったのだった。


しかし何だってあんな奴と一緒に共同生活をしなければならないのだ。

もともと、ヒヨリのお義兄さんは現在別の家に住んでいるためあの家は二人で自由に使っていい。というような話だった筈《はず》なのだが……。

そのお義兄さんとやらも随分適当な人だ。コノハの「前からここに住んでいる」「先生にお世話になっている」という話からすると、恐らく下宿というやつなのだろう。

自分の生徒を住まわせているのであれば、説明くらいしておいてくれてもいいだろうに。

いや、ヒヨリが説明を聞いていたのに僕に伝えていなかった可能性もある。

いずれにせよ、二人っきりで都会を満喫プランは綺麗さっぱりなくなってしまった訳だ。

案の定、夕飯もろくに喉《のど》を通らず、燃え盛る嫉妬心で夜もなかなか寝付けなかったため、現在僕の顔はヒヨリが指摘したような、そんな様相になっている。

「ねぇ、ヒヨリ。なんでいきなりお墓参りなの？　今日は買い物行くって張り切っていたはずだけど……」

「ん〜なんとなく……かな。昨日お姉ちゃんの部屋に入った時、『あ、行かなくちゃ』ってなったの」

滞在二日目になる今日。

以前ヒヨリに「この日は街に買い物に行くから、付き合って」と言われていた日だったのだが、そんなヒヨリは今朝になっていきなり「買い物はやっぱ中止。お墓参り行く」と言い出したのだった。

目の上のたんこぶだったコノハは起きてくる気配もなく、ここには来なかった。ヒヨリは「一緒に来て欲しかったのに」と悲しんでいたが、いやいやとても好都合だ。

そういえば、コノハは昨日「留守中は家から出ちゃダメって言われているから」というなんとも子供臭い理由で、デパートにもついてこなかった。ということは起きていたところで、どちらにしろついてはこなかっただろう。

「そっか……そういえばお盆だもんね」

家からそう遠くないこの墓地の敷地内には、ちらほらと墓参者の姿があったが、規模的にかなり小さめだということもあり込み合っているという様子もなかった。

「それもそうだし、今日ってお姉ちゃんの命日なんだよね。あんまり家族は私にその話しないけど。まぁ当然かもね。私が生まれたこと、多分お姉ちゃん知らないだろうし」

ヒヨリのお姉さんは若い頃から破天荒な人だったらしく、ある日突然「外の世界に行く」と言って家を飛び出してしまったそうだ。

それ以来実家への連絡も途絶え、ヒヨリが初めて姉の姿を見たのは棺《ひつぎ》の中に入った姿だったという。

「お葬式の時、お義兄さんすごい申し訳なさそうだった。なんかその時のことすっごい覚えててさぁ」

並ぶ墓石に刻まれた文字を一つ一つ確認しながら、ゆっくりと狭い道を進んでいく。

まだ新しいお供え物の中には、花、和菓子の他にも、車のおもちゃなどが置いてあり、どうも直視できずに目を伏せてしまう。

「お父さんとお母さんにずっと頭下げてるんだけど、一言も口をきいてもらえてなかったのよ。酷い話だよね。勝手に飛び出したお姉ちゃんとずっと一緒にいてあげてくれてたのにさ。なんか『大人ってめんどうだな』って思った」

ヒヨリはいつもの無表情のまま、憤るわけでもなく、悲しむわけでもなく、ただただ淡々とそう話した。

その時のヒヨリにとって、両親の姿は意固地《いこじ》に見えたのかもしれない。

しかし、どうしようもないことに対する、やり場のない怒りを、ヒヨリの両親は何処にもぶつけられずにいたのだと思うと、僕はなんと言うこともできなかった。

「あ、お義兄さん昨日は忙しくて帰ってこれなかったっぽいけど、今日はお昼過ぎにサイン持って家に来るからいてほしいってさ。だからお参りしたら急いで帰らなきゃ……ってあれ？」

ふと、ヒヨリが立ち止まる。

その目線の先には、一つの墓石に向かって掌《てのひら》を合わせる黒い、半袖のパーカーを纏った青年の姿があった。

「お姉ちゃんのお墓だよ、あれ」

そう言ってヒヨリは再び歩き出した。

慌ててついていくと、青年はこちらに気がついたのか、パッと振り返る。

を覗き込んだ。

薄茶色の髪に、大きな瞳が印象的なその青年は、僕たちの方をじっと見つめた。

「そのお墓、私のお姉ちゃんのなんです。お参りしてくれて、ありがとうございます」

ヒヨリが茶髪の青年にペコリと頭を下げると、一瞬の間ののち、ハッとしてヒヨリの顔を覗き込んだ。

「え、え！　えぇ⁉　君のお姉さん⁉」

「そうなんです。あの、生前姉がお世話になったんでしょうか……？」

青年の顔はパァッと明るくなり、無邪気な笑みを浮かべキャッキャとはしゃぎ出した。

「うっわぁ、すっごい面影あるある！　え？　いやいや、お世話だなんてとんでもない！お姉さんには僕がすっっっっっごくお世話になったんだよ！」

ニコニコと天真爛漫な笑みをまき散らしながら青年は一通り話しきると、「あ……」と何かに気づいたような表情をし、口に手を当てると一度咳払《せきばら》いをして、背筋を伸ばした。

「うん、取り乱しちゃったねごめんごめん。えぇと、君はこの子の付き添いさん？」

青年はそう言うと今度は僕に向かって話しかけてきた。

「あ、はい。付き添いというか、まぁ雑用係というか……はは」

言った後から小っ恥《こ》ずかしくなり、目線を逸らし、照れ隠しで頰をかいてしまう。

「雑用係……うぅ……大変だろうねぇ」

予想外の反応に再び青年の顔に目をやると、青年は先ほどの僕の苦言を、自分自身のことかのように労った。

「いやね？　いや、僕もよ～くわかるよそれ。うん。僕も毎日おっかない人にこき使われててさぁ。殴られ蹴《け》られの毎日なんだよねぇ……」

青年はやれやれと両手を左右に広げて困った態度を取ってみせた。

「そ、それはなんと辛い……お互い大変ですね……‼」

「うんうん……強く生きていこうね……」

そう言いながらガッシと手を握り合った僕らは、どうやら相当気が合うようだ。

ヒヨリが「なにこれ」と言っているのが聴こえた気がするが、気にしないでおこう。

「さ～てと。それじゃ、僕もそろそろ行かなくちゃいけないから、ここら辺で失礼するね。君たちは今日、この後忙しいの？」

「え？　いや、忙しいって訳じゃないんですけど、お昼過ぎには家に戻らなくちゃいけなくて……」

「そっか……」

ふと、ヒヨリの言葉に対して、今までずっと笑顔を崩さなかった青年の表情に翳《かげ》りが現れたような気がした。

しかし改めて見てみると、先ほどと何一つ変わらない笑顔のままだ。「昨日から落ち込みすぎて、いよいよ他人にすらネガティブを感染させる能力を手に入れたのだろうか」と心配になるも、どうやら気のせいだったようだ。

というかそんな非生産的な能力はごめんだ。なにか超能力を手に入れるなら、断然身体を透明にできるやつを選ぶ。

「折角《せっかく》天気もいいんだから、もっとのんびり外で遊んだりすればいいのにな～。勿体《もったい》ない！」

青年はそう言うと頭の後ろで手を組み、口を尖《とが》らせた。

「あはは……。そうですね。ちょっとくらい、いいかもしれないです」

ヒヨリもクスリと笑いながら、そんな青年の言葉に応えた。

「まぁ、気をつけてね！　じゃあ僕はもう行くよ。それじゃ」

青年はもう一度ニコッと笑って僕たちにそう言うと、背を向けスタスタと何処かへ去っていった。

「なんかいい人そうだったね～ヒヨリ」

「うん。でもなんだかおかしいわ……お姉ちゃんもう結構な歳だった筈なのに、あんなに若い男と一体何が……」

ヒヨリは真剣な表情で、とんでもないことを考え始めていた。仮にもその人物の墓の前だというのに、酷いものだ。

「やるわねっ！」

今度はその墓石を見つめキリッと言い放った。お姉さん的にこの子はどうなのだろうか。

聞けるものなら聞いてみたいものだが。

そんなことを言いながらも、ヒヨリは買ってきたお菓子を墓石の前に並べ始めた。

会ったことはない。ということは、ヒヨリはお姉さんの食べ物の好みなんかもわからない筈だ。

そう、そこにヒヨリが並べていた食べ物は、ヒヨリの好きな食べ物ばかりだった。

自分のおいしいと思ったものを、人にあげるという行為。僕ならわかるが、それはヒヨリにとって最上級の好意の現れだろう。

あらかた並べ終わったところで、ヒヨリは墓石に向かい掌を合わせ、目を閉じた。

僕もそれに倣うように目を閉じる。

この人はどんな人だったのだろう。さっきの人はヒヨリに「面影がある」と言っていたが、性格なんかもこれくらいキツかったのだろうか。

「いつまでやってんの。ほら」

ヒヨリの声にハッとなり目を開ける。

「まさかお姉ちゃんになんか変なこと聞こうとか思ってなかったでしょうね？」

「そ、そんなわけないよっ！　いや、ただどんな人だったのかな～って」

別にそんなことは思ってもいないのに、不意に突っ込まれてあたふたとしてしまう。

ヒヨリは訝しげな表情からまた、無表情にもどり、ボソッと「普通の人よ、きっと」と呟いた。


日差しはその熱量を増し、ジリジリと静かな猛威を振るい始める。

ヒヨリの言っていた約束の時間までそれほど時間もないだろう。

「じゃあ、僕たちも家に戻ろっか？　さっきのお兄さんは『外で遊べばいいのに』とか言っていたけど……」

「う～ん、天気もいいし確かにすぐ家に戻るのは癪《しゃく》なのよね。やっぱりちょっと買い物していくべきかしら」

そう言うとヒヨリは「あそこの靴屋さんは見ときたいな……いや、先に駅前まで行ってグッズショップに……」などとブツブツ呟き始める。

「え、ええ⁉ そんなに時間ないんじゃない⁉ とりあえずお義兄さんに挨拶すませて、そのアイドルのサインもらってからでいいんじゃないかなぁ……」

「……いや、やっぱり一カ所だけ行くわ。ついてきて」

そう言うとヒヨリはスタスタと歩き始めた。

あぁ、もうこうなってしまってはしょうがない。僕が何を言っても足を止めることはないだろう。むしろついてきてと言われただけ幸福だ。

墓地を抜け、通りに出たところでヒヨリはスッと右に曲がった。

一つ新たな発見があったのだが、ヒヨリは異常なまでに方向感覚がいい。昨日といい今日といい、まるでずっとここに住んでいるかのように、スタスタと目的地に向けて一切迷うことなく進んでいく。

僕なんかでは地図を見ても迷わず行けるかどうか危ういような道も、難なく進んでいくのだから、見事だ。

何も考えず、尋ねることもせず、とにかくヒヨリの後ろを付いていくこと十五分。

随分と人通りが多くなり、ヒヨリの目的地が街の中心部にあるということだけは何となくわかってくる。

昨日も感じたことだが、やはりどうにも都会の雰囲気には慣れれそうもない。

いろいろな広告や、車両の往来、人の笑い声が幾重にも重なって、巨大な不協和音を作り出し、頭がその情報量の多さにグルグルと混濁してしまう。

しかも、それに加えてこの暑さだ。

つい数日前まで、ここでの暮らしに憧れを抱いていたのだと思うと、心底自分の無知さを痛感する。

こんなところで生活するだなんて、命がいくつあっても足りやしない。

それどころかこの一夏の間を生き残る自信すら、僕にはなかった。


「あ、ここね。ちょっとあんたはここで待ってて」

建ち並ぶ色とりどりのショップ群。その中の一軒の前で、ヒヨリは足を止めた。

迷いなく店内に入っていくところをみると、どうやらお目当ての店に着いたらしい。

「なんか派手な店だなぁ……」

指示通り店先でヒヨリの帰りを待ちながら店の外装を眺める。

全面ショッキングピンクの壁に、クッキーやキャンディーをあしらった装飾がちりばめられ、夜になるとさらに攻撃力を増すのであろう電飾にまみれた看板には、これまたド派手な蛍光イエローで大きく店名が書いてあった。

完全にカロリー過多なその出《い》で立《た》ちに、暑さも手伝い吐き気がこみ上げる。

ヒヨリが戻って来たら飲み物でも飲もう……ここで干物になっては、クッキーやキャンディーとともにこの店の装飾にされかねない。

自動ドアが、アナウンスとともに開き、小さな小袋を二つ持ったヒヨリが現れた。

「あ、おかえり。お目当てのものは買えたの？」

そう聞くとヒヨリはニヒッと笑い「うんっ！」と返事をした。

そのあまりの可愛さにドクンと心臓が跳ね上がる。

あぁ、よかった、本当に来てよかったこれを見れただけで……

「コノハさんにプレゼント買った！」

前言撤回。来なければよかった。

またあいつか。いや、一体なんなんだ本当に。

プレゼント⁉　どういうことだ⁉

「え？　プレゼントってどういう意味の……？」

「え？　別にあんたには関係ないでしょ」

ピシャリと両断され、次の言葉は出てこなかった。

どうやらこの都会滞在期間は、精神的苦痛に対する免疫力をつけるための訓練かなにかラしい。

「あ、でもほら、あんたにも買ったわよ」

「あぁ、そう……ってえぇ⁉　僕に⁉」

「そうだって。ほら」

そう言うとヒヨリは手に持っていたもう片方の小袋を、ずいっと差し出した。

受け取った瞬間、今までの人生が走馬灯のように流れ出し、思わず目頭が熱くなる。

「あ、ありがどう……」

「な、なんで泣いてんの……キモ……」

先ほどは前言を撤回してしまったが、やはり来てよかった。まさかこんな嬉しいサプライズがあるとはまさか夢にも思っていなかった。

「嬉しい……ありがとう。あ、開けてもいい⁉」

「ん？　別にいいわよ」

薄いピンクの水玉模様を纏った小袋は、重さ的には何かのキーホルダーだろうか。いや、もしかすると、文房具の類いかもしれない。

期待に胸を膨らませながら今日一番の笑顔で小袋を開けると、中からは生魚が腐ったような臭《にお》いが飛び出して来た。

「うわっくさぁっ⁉」

あまりの出来事に隠すことなく大声を出してしまう。

ファンシーショップから出てきた女の子に渡された小袋から、ドギツイ海鮮臭がしたのだ。当然だろう。

誰が予想できるかそんなもの。

恐る恐るつまむように中身を持ち上げてみると、中から出てきたのは、鮭《さけ》の切り身から人間の足が生えたような謎のモンスターのキーホルダーだった。

「あ？　なによ。文句あんの？」

ヒヨリは当然のように無表情で、高圧的にそう呟いた。

「いや、えええええ⁉　文句っていうかこれなに⁉　なにこれ⁉」

フルーツの香りつきのキーホルダーとかなら話はわかるが、目の前のこれは恐らく、そうといった類いのもの路線で、ちょっとウケ狙いをしようとした商品なのであろうが、いや、完全なる失敗作だった。

「『ベニ鮭ちゃんストラップ』ってやつだって。なんかほら、あんたそう言うの好きそうだったから」

「いや、そんなことないよ⁉　っていうか僕そんなそぶり見せたことあったっけ⁉」

「いや、なんかこういう臭いとか好きそう」

ヒヨリはそう言うと高圧的な視線で「フッ」と鼻で笑った。あぁ、完全な嫌がらせだこれ。

「う……うぅ……でもありがとうございます」

しかしプレゼントを貰えたことへの喜びが勝り、それ以上反論できなくなってしまう。

そんな僕の情けない姿を見て、再びヒヨリは「フッ」と鼻で笑った。

「ま、まぁそろそろ帰ろうか……時間もそんなにないんだし」

「ん、そうね。じゃあとりあえずこっちの道から……」

ヒヨリは来たときと同じように、勢いよく進み出そうと足を踏み込んだが、何かに気がつきガクンと足を止める。

ヒヨリの足元を見ると、あの傍若無人なヒヨリの足を止めた犯人は意外にも一匹の黒猫だった。

何処からやってきたのか、突然ヒヨリの足元に現れたかと思うとすりすりと頬擦《ほおず》りをし、ゴロゴロ喉を鳴らしている。

「うわっ猫だよヒヨリ。なんか気に入られたっぽいね」

毛並みの整ったその黒猫は、一通りヒヨリに甘え終わると少し距離をおき、そのまま、細い路地の中に入っていってしまった。

「あ〜行っちゃったね。ちょっとでも撫でたかったなぁ〜。ね？　ヒヨ……」

「あの子飼うわ……ッ！」

ヒヨリの顔は昨日初めてコノハに会った時を上回るほど、紅潮し、息を荒げていた。

「え、今なんて……？」

「追い掛けるわよっ、ヒビヤ！」

ヒヨリはその言葉とともに、黒猫を追って路地裏に飛び込んだ。

いろいろ突っ込みたいことが頭に渦巻くが、とりあえずは名前を呼んでもらったことに対しての喜びを噛み締め、ヒヨリの後を追いかける。

建物の裏口脇に設けられたスチール製のゴミバケツの脇を勢いよく抜け、コケの生えた小さな階段を駆け上がると、これまた人のごった返した大通りへと飛び出した。

「うわっ……ひ、ヒヨリ、これはもう流石に見つからないんじゃ……」

「いや、さっき一瞬しっぽが見えたわ。こっちよ」

そう言ってヒヨリは左折し、地面を蹴って加速した。

この人の量であれだけ臆することなく走れるというのもすごいことだ。

ヒヨリの後ろを走っていたお陰で人にぶつかることもなく、ドンドンと大通りの側道を駆け抜けていく。


「ハァ……ハァ……ッいた！　こっち‼」

またも急速に左折したヒヨリが飛び込んだのは、遊具などが置かれた、子供用の公園だった。

続けて僕も飛び込むと水色のブランコの柱の陰に、先ほどの黒猫が座っている姿を見つける。

「追いついたっ！」

ヒヨリは嬉しそうにそう言うと、ジリジリと黒猫との距離を縮めていく。

「ふっふふふ……いい子よいい子。大人しく撫でくり回されなさい……」

鼻息を荒げジリジリと近づくヒヨリの姿は、僕が猫だったら全力で逃げ出しているであろうオーラを纏っていた。

しかし、先ほどの黒猫は逃げ出すどころかまったくたじろぎもせず、ただじっとヒヨリの方向を見つめているだけだった。

不思議なこともあるものだと、思った矢先、あることに気がつき、背筋に悪寒が奔った。

ヒヨリを凝視するその黒猫の両目は、まるで血の塊でできているような真っ赤な色に染まっていたのだ。

ヒヨリは気づいていないのだろうか。

はたから見てその不気味な姿に吸い寄せられていくヒヨリは、まるでそのまま何かに取憑かれてしまうのではないかと思ってしまうほどに、危なっかしく思えた。

「ヒ、ヒヨリッ！　ちょっと待って！　その猫なんかおかしいよ⁉」

「え？　なに⁉」

思わず出てしまった声にヒヨリが驚いて振り返ると、黒猫は僕の方を一瞥し、何か言いたげな間を作ったのち、再び何処かへと走り去っていってしまった。

「あ〜っ‼ ちょ、ちょっと！ 逃げられちゃったじゃない！」

視線を戻し、逃げ出した黒猫に気がついたヒヨリは、非常に腹が立っている様子で、僕に歩み寄ってきた。

「だ、だってさっきの猫ちょっとおかしかったよ？ だから僕……心配で……」

「余計なお世話よ！ あんたに心配される方がよっぽど迷惑だわ！」

僕を睨みつけたまま、ヒヨリはそう言った。しかしその程度では怒りが収まらないのか続けざまに怒鳴り散らす。

「そもそも頼りないあんたなんかじゃなくて、コノハさんに心配してもらいたいわよ！大体昨日からなんなのよウジウジしてさぁ。馬鹿じゃないの⁉」

立て続けに浴びせられるその言葉たちに、さすがの僕の頭にも血が上ってきた。

そもそもこんな気持ち自体が自分勝手だということはわかっているが、これではあまりにも酷いじゃないか。

「馬鹿じゃないのって……なんで……なんでわかってくれないの⁉ 僕だって好きでウジ

ウジしてる訳じゃないのに……」

「へぇ～。てっきり好きでウジウジしてるんだとばっかり思ってたわ。じゃあその理由はなんなわけ⁉」

「それは……」

ヒヨリに睨みつけられ、言葉が出なくなるのはいつものことだ。今だってそう、すぐに言葉を塞《せ》き止められてしまう。

あぁ、そういえば頭の中に思い浮かべていたことを、そのまま言葉にしたことは今まであっただろうか。

いや、多分なかったはずだ。そんなこと口にしたら、どうなってしまうんだろう。

頭がボーッとする、心臓が痛い。ずっと耳鳴りがしているようだ。

「な、なによ……」

「それは僕が……ヒヨリのこと……」

「ちょっとやめなさいよ……」

「ずっと、ずっと前から……ッ！」

「やめてって言ってるでしょ⁉」

ヒヨリの叫び声にようやくハッと我に返る。

恐る恐るその顔を見ると、ヒヨリは今にも泣き出しそうな表情をしていた。

ヒヨリの声にあてられたのか、今まで大人《おとな》しかった蟬が盛大に騒ぎ出し、そこかしこからの、まるで僕を責め立てるような蟬の鳴き声に囲まれる。

あまりに長いその時間は、僕に自身の勢い任せの行動を後悔させるには、十分すぎるほどのものだった。


「サイアク」

ようやく聞くことのできたヒヨリの声は、ここ数日で言われたどんな罵詈雑言よりも、深く胸に突き刺さった。

「そ、その……」

もう何も言えることなんてないはずなのに、馬鹿な口が勝手に言葉を喋り出そうとする。

「もう、帰る。ついてこないで」

もはやヒヨリの姿すら見つめることができずに顔を伏せると、地面には動かなくなった蟬の死体が、仰向けに転がっていた。

こいつは、誰かに何か伝えることができたのだろうか。僕は、何かを伝えることができたのだろうか。

無意識に頰を伝った涙が、地面に一つ、また一つと黒いシミを作っていた。

もうなにもかもどうでもよくなりかけた時、遠退いていくヒヨリの足音がピタッと止まった。

「い、いつからそこにいたんですか……？」

突如発せられたヒヨリのその声、口調から、言葉の送り主を想像してしまう。悔しいがそれはとても容易なことだった。

顔を上げ、ヒヨリの方を向くと、予想通り公園の門の横あたりに、予想外に汗だくのコノハが立っていた。

「え……さっきからだけど？　いや、起きたら二人ともいなくなってたから……その、探さなくちゃって……」

一つ一つの言葉を継《つ》ぎ接《は》ぐように語るコノハに、ヒヨリは震える声で尋ねる。

「……今の話、聞いていたんですか？」

コノハは相変わらず、何を考えているのか読めぬ表情で端的に応えた。

「え？　うん。聞いてたけど」

その言葉を受けた瞬間、ヒヨリが何処かに逃げ出してしまうであろうことが、瞬時に想像ができた。

そのせいかヒヨリが走り出すよりも一瞬先に、僕の足は、ヒヨリめがけて走り出す。


……どうするつもりだったのだろう。

もう一度言い訳をしたかったのだろうか。

ヒヨリを独りぼっちにしたくはなかったのだろうか。

コノハよりも先にヒヨリの手を引きたかったのだろうか。

案の定駆け出したヒヨリだったが、先ほど人ごみの中を駆けていたような軽快さはなく、ただただここから逃げ出すため、不器用に足を動かしているだけのように見えた。

あと数歩近づけば手を握ることができる。


だが、そこまで近づいた時に、訪れた目の前の光景に愕然《がくぜん》とした。

公園を飛び出したヒヨリの進む先、規則的に並んだ白線の終着点に赤い光が灯《とも》っている。

『それ』の意味は、頭で考えるなんてことをしなくても一目で理解できるほどに明確な

『絶望』だった。

「ヒヨリッ‼　赤信号だ‼」

あと、あと一歩近づけば……いや、もうすでに遅過ぎる。
僕の最後の一歩は、自分でも驚くほどに迷いがなかった。
こんなにも力強く、ヒヨリに向かって踏み込んだことがいまだかつてあっただろうか。
驚いたヒヨリの顔はこの先のことなんて想像できていないんだろう。僕だってまだできていないんだから、おあいこだ。

もの凄《すご》い轟音《ごうおん》とともに迫ったトラックを前に、
　僕は最期の最期で念願だったヒヨリの手を握ることができたのだった。

オツキミリサイタル

見渡す限りの広大な草原に、爽やかな風が吹き抜ける。

身体が軽い。まるで羽が生えたかのように軽い。

軽く地面を蹴っただけで、何処までも飛んでいけるのではないかというくらいに身体が弾む。

ポーン、ポーンと草原の中を気持ちよく飛び回っていると、いつの間にやら周りにワラワラと牛の群れが現れ始めた。

何かの集会だろうか。ステーキバイキングでも始まるのだろうか。

構わず飛ぼうと思い切り飛び跳ねたところで、急にグンと身体が重くなり、そのまま地面にドスンと叩き付けられた。

「いったッ！　な、なんで急に……」

お尻に激しい痛みが奔る。

和らげようと撫でていると、何処かから笑い声が聞こえてきた。

「あっははは！　おばさん、なにやってるのさ！」

振り向くとそこには、腹を抱えて笑い転げるヒビヤくんの姿があった。

「な、ななな、なんでここにいるの⁉」

今の痴態を見られていたこと自体恥ずかしいのだが、よりによってこの子に見られてしまうとは運が悪い。

「え？　あんなに大きい音で落ちるんだもん、誰だって気づくよ」

顔がドンドン熱を帯びていく。こんな子供に馬鹿にされるだなんて、非常に非常に心外だ。

「あ、あのねぇ？　君は知らないと思うけど、これでも私アイドルなんだよ⁉　ア・イ・ド・ル！」

これでもかと言わんばかりに、ポーズをとり普段したこともないような自慢をする。

少々……というかかなり恥ずかしいが、ここまですれば流石にこの鈍感な少年でも、私の魅力に気がつくだろう。

「え？　いや、なに言ってんの？　だっておばさん牛じゃん」

「ま、まだ言うか……！」

「いや、だってほら」

ヒビヤくんがスッと差し出した手鏡に映っていたのは……。

得意げにアイドルっぽいポーズを決める、身の詰まった一頭の牛だった。

ギョッとして顔を触ろうとすると、鏡の中の牛も反転してまったく同じように動き、顔に蹄《ひづめ》をあてがう。

「ほらね？　やっぱり牛でしょ。お・ば・さ・ん」

「うわあああ!! うわあああ!!」

勢いよく起き上がった。

全身は汗まみれになり、頭の中はグジャグジャとなにかにかき混ぜられたように朦朧としてしまい、機能しない。

あたりはうっすらとした闇に覆われていた。細長い光が差し込んでいるのが見えるが、カーテンだろうか。

私は一体どうなってしまったんだろう。

ゆっくりゆっくり脳内で状況を整理しても、どうしても今の状況に至るまでの経緯を思い出すことができなかった。

下のこのフカフカした感触は、恐らくベッドと考えて間違いないはずだ。

だが、なにがどうなって、いつベッドに入ったんだろうか? そんな記憶はないけれど……。

何も見えないので、とりあえずボフボフと手探りでベッドを叩いていると、ベチッと何かを叩いた感触と「うッ……」という苦しそうな声が聴こえた。

それに驚き「ヒッ」と小さく声を出したあと、横に寝ているのがキドさんだということに気がつく。

さらに今思い切りぶん殴ってしまったことを思い出し、背筋に緊張感が奔った。

「な、なんで団長さん⁉　ということは……ここってもしかして団長さんの部屋？」

徐々に徐々に、記憶が明確になっていく。

そうだ、確か病院からヒビヤくんをアジトまで運んで、その後セトさんの作ったご飯を食べて、それから……。

「……私ソファで寝ちゃったんだ」

頭の中でズーンと暗い効果音が響く。

昔から兄が口をすっぱくして「お前の寝言と寝相は嫁に行くまで絶対外で見せるな」と言うほどに、睡眠中の私は、見れたものじゃない。

いや、私も最初はそんな話信用もせず「とか言ってお兄ちゃん、妹が外泊するの心配なんでしょ？」などと宣っていた。

だが、一度悪ふざけでその姿をビデオに収めた際「あ、お尻から出てくるんですね」だの「私のギャグ聞いたらお腹《なか》飛んでっちゃいますよ〜なんちゃって☆」だのと切腹ものの異常な寝言を目《ま》の当たりにして以降、私は人前で睡眠するのを止めた。

もちろんビデオテープは燃やした。

それをあんな居間のど真ん中、皆の前で披露したのかと考えると、吐き気がする。

いや、兄には「仮に私が人前であの痴態を晒したら殺してくれ」と頼んでいるし、現状ベッドで寝ていたということは、そういった事態は起きなかったということだろう。

だが今後は本当に気をつけなければ。まさか食べてすぐ寝てしまうとは……食べて……すぐ……。


『だっておばさん牛じゃん』


ふいに先ほどの夢を思い出し、ボフッ！　と布団に拳を叩き落とす。

それに反応するようにキドさんが「うぅ……」とうなり声をあげる。

「し、しまった……っていうか、元はと言えばあの子のせいだよ。ほんっと最近の子供って生意気なんだから……」

と、そこまで言ったところで、とたんに罪悪感に襲われ、口を閉じた。

そう、昨日ヒビヤくんは病院の前で倒れ、キドさんの手によってこのアジトに運ばれたのだ。

あの時のヒビヤくんの剣幕は「生意気な子供」だとか、そんな言葉で片付けられるようなものではなかった。

あんな風に人を睨みつけたことのない私には、あの子の胸中にどんな感情が詰まっているのか想像することはできない。

「あの子、一体何があったんだろ。それにしても……」

驚いたのは、あの「目」だ。

あの時赤く染まり出したあの目は、やっぱり私やキドさん達と同じようになにかの「能力」が生まれる前兆みたいなものなのだろうか。

メカクシ団の人たちに出会い、自分以外の能力を持っている人には出会えたものの、あんな風に能力が発現する瞬間を見たのは初めてだった。

「この目、何が原因なんだろう。なんかの病気……ってわけでもないだろうし」

おもむろに、遠くの一点を見つめるように目に集中力を込めると、目の周りが徐々に熱くなっていく感覚を感じることができた。

「いやな能力だって思ったけど、これがなかったら皆にも会えなかったんだもんね。少し使えるようになってきたのって、この能力がちょっと好きになれたからかなぁ」

いずれにせよ、キドさんやカノさんのように見事に使いこなすとは到底言えないのも事実だ。

修行……なのだろうか。そういえば結局どたばたしてて、あんまり使い方って習ってないや。

しかしそう考えると、どんな能力かはまだわからないが、ヒビヤくんもこれからたくさんの苦労をするのだろうか……

「……いや、でもとりあえず向こうから謝ってくるまで許さないでおこう」

そう、純情な乙女《おとめ》を散々牛だのおばさんだのと罵《ののし》った罪は海より深い。

事情はどうあれ、しっかりと謝って訂正してもらわなくては許す訳にはいかないのだ。

「さて、そろそろ起きようかな〜っと。ところで今何時なんだろう」

パーカーのポケットから携帯を取り出し、時刻を確認すると、ちょうど午前七時になるところだった。

「お！　うんうん。これくらいの時間に起きれたらやっぱ気持ちいいよね。皆起きる前にシャワー借りちゃおっと」

ベッドの壁側の掛け布団をめくり、布団から脱出。

キドさんを跨いで床に降りたところで、起こしてしまっていないかその寝顔を確認する。

「……う〜んやっぱり美人だよなぁこの人」

普通の女の子もののパジャマを着てスヤスヤ眠るキドさんの寝姿は、女子の目線で見ても嫉妬するほどの美貌だ。

「これであの口調だからまた堪らないってやつなのかな」

いつもクールなのにたまにデレる。以前そんな言葉を聴いたような気がするが、なんだったたろうか。

いや、思い出せないことがあった時は、聴いた気がしただけだ！　と思うに越したことはない。

そんなことよりもさっさとシャワーを浴びてしまおう。

カーテンを開ける訳にもいかず、薄暗い部屋をとりあえず手探りで進んでいくことにする。

途中一度ガンッと、恐らくテーブルのようなものに腰をぶつけ、「いでっ」と声が漏れるも、どうやらキドさんを起こすには至らなかったようだ。

団長なのに結構起きないな……この人……。

なんとか辿り着いたドアを開くと、居間は随分と明るく、ようやっと朝を迎えた気分になった。

その明るさに気持ちも盛り上がり、ウキウキした気分で浴室に向かう。

ふと床に目をやると、ソファの真下ではコノハさんが、向かいのソファでは兄が携帯を握りしめ、眠りこけていた。

「ふふ……久々の外出で疲れてたんだろうなぁお兄ちゃんも」

兄もメカクシ団の皆と大分仲良くなってくれたみたいだし、私は随分兄の社会復帰に貢献しているような気がする。

兄がしっかり社会復帰した暁には、可愛いお家《うち》を建てて貰おう。そうしよう。

居間を抜けたところで、脱衣所と浴室の電気をつけ一番下の棚を開け、家から持ってきた衣服一式を洗面台の横のスペースに置く。

そこからタオルを取り出し、鍵をかけ、服を脱ぎ、いよいよ浴室に入ろうとした時、脱衣所のドアが「ドンドン！」と乱暴にノックされた。

「ぎゃあぁ‼」

慌ててタオルを身体に巻き、念のためドアから距離を置く。

「す、すみません！　モモです！　シャワー今使ってます！」

しかし、そんな私の言葉に返事もせず「ドンドン！」とドアは激しくノックされ続ける。

なにか異様な雰囲気を感じる。

このアジトの人間だったら、私が入っているところへわざわざこんなことはしないはずだ。だとするとまさか……。

「ご、強盗さん……？」

今の独り言が聞こえたのか、「ドン！」と大きくドアが打ち鳴らされる。

恐怖と驚きに腰を抜かす。

「う、うわわ……ご、ごめんなさい！　いや！　そういうつもりじゃなくてええとその中にたいしたものはありませんよ!?　いや、ホントです！　そ、そうそう、昨日なんて『牛だ〜』なんて馬鹿にされちゃったくらいのものでいや〜ホント酷いもんですから……あ、あははは……」

ぺたんと座りこみまるで念仏を唱えるように命乞いをしていると、ドアの向こうから、聞き覚えのある声が返ってきた。

「おばさん？　……っていうか自覚あったの？」

その瞬間、私は勢いにまかせ思わず「ダンッ‼」っとドアを殴り返した。

ドアの向こうからは「うわああっ⁉」っと驚きの声が上がった。

「……なんてことしてるのかな？　君は」

怒りと動揺で声が大きく震えるが、いや、無理もないだろう。このタイミングで怒らなかったらいつ怒るというのだ。

「ちょ、ちょっと落ち着いてよ。ごめんって、その……僕のベストそこにない？」

「ベスト？」

先ほど自分の服を取り出した棚の一番上段を見てみると、確かにヒビヤくんのものと思われる白いベストが畳んでおいてあった。

「あぁ、これ？　置いてあるけど」

「ほ、ホント⁉　それ返して！　中に大事なものが入ってるんだ！」

「中に大事なものって……ははぁん。それが心配であれだけ焦ってたって訳だ。そんなに大事なものなんだ～……どんなものが入ってるのかな～？」

私が鬱積《うっせき》した憤懣《ふんまん》をたっぷり込めて意地悪くそう言うと、ヒビヤくんはその悪意に気づいたのか覿面にいい反応を返してきた。

「う、うわあぁ！　盗るなよ⁉　人から貰った大事なものなんだ‼　絶対盗るなよ⁉」

「そう言われると盗りたくなっちゃうなぁ。ど～れどれ……」

「やめろ！　ホントにやめろって！」

ドアをドンドンと叩き続けるヒビヤくんの言葉に耳も貸さず、ベストのポケットに手を突っ込むと、紙袋のようなものの感触が手に伝わった。

「おぉはっけんはっけん。袋の中身は何かな～」

「や、やめろおおおおおおおおおおお！」


袋の中身を取り出してからのことは、あまり覚えていない。

覚えているのは「おねがい‼　これちょうだい⁉」と言いながら思い切り脱衣所を飛び出したことと、そんな私を見て思い切り赤面したヒビヤくんの顔と、仄《ほの》かな磯の香りだけだ。反省はしているが、後悔はしていない。

＊

「なるほどね～、うんうん、飲み込まれちゃったってことだもんね……大変だよね……」

「……あのさぁ、おばさん。ぜんっぜん意味わかってないでしょ」

「あはは……まぁ要所は摑んでるってことで……」

アジトからは大分離れただろうか。進む歩道は、街路樹の葉によって適度な日照具合を演出しており、晴れた日の散歩コースとしてはまさに絶好だった。

あの悶着《もんちゃく》の後、ヒビヤくんは予想通り早々にアジトを飛び出していこうとした。

キドさんが「能力がいきなり発現すると危険だ」と話していたこともあり、必死に引き止めたのだが言うことを聞かず、結局私も一緒についていくことになってしまったというわけで、現状に至る。

とりあえずコンビニで朝ご飯のサンドイッチを買い、それを二人でたいらげたところくらいから、ヒビヤくんはその巻き込まれたという事件について話をしてくれた。

が、しかし。

ヒビヤくんの話した事件の内容というのはおおよそ理解に苦しむものだった。

トラックにはねられたという話から、突然不思議な世界に迷い込んだという話。

そしてその中で友人の女の子が何度も死んでいく様を目撃したヒビヤくんは、最終的に一人だけで外に吐き出されたというのだ。


ちなみにここまでですら理解するのに、ヒビヤくんは三回同じ話をしてくれたわけで、その労力を考えるとこの子は本当はとてもいい子なのだと思う。

そして私は相当に頭が悪いのだと思う。無念だ。


「う〜ん。とりあえず要約すると、ヒビヤくんはそのはぐれちゃったヒヨリって女の子をなんとか探し出したいわけだよね」

「え⁉ あ、うん……すっごい要約したね」

ヒビヤくんは思い切りなにか言いたげな表情をしたが、無駄だと判断したのか特に何か言及することはしなかった。


「その子のこと好きなの？」

「うん。ってはぁ⁉　それ聞く必要ある⁉」

「あ〜やっぱり。いやいや〜ませてるね〜」

小学生のいたいけな反応に口元がにやけてしまうが、それこそいよいよ「おばさん」ではないか。と、なんとか押しとどめる。

「な……ッ！　はぁ。そうだよ。ずっと好きだった子なんだ。まぁ……フラれたけど」

「え⁉　フラれちゃったの⁉　うわちゃ〜っ！」

「うるさいよおばさん！　なんでそんな活き活きしてるんだか……」

そう言いながらもヒビヤくんは、照れくさそうに俯《うつむ》いてしまった。

こうしてみるとただの年頃の男の子だなぁと思ってしまう。

しかし、私がさっきの話を断片的にしか理解できていないにしても、ヒビヤくんの巻き込まれたこの状況は、あまりにも過酷だ。とてもこんな小さな男の子一人でなんとかできるような問題だとは、思えない。

「でも、助けるんだ」

しかし、心配をよそにヒビヤくんは小さく、だがはっきりとそう呟いた。

「じゃあ、絶対助けなくちゃだね」

「……うん。絶対」


なにか、私たちに協力できることはないのだろうか。

いや、まずそもそも何故ヒビヤくんは一人にこだわるのだろう。

「ヒビヤくんはさぁ。その子を探そうとして飛び出してきたわけだと思うんだけど、それってすごく大変だよね？　一人で探すより皆で探した方がよくない？」

私の質問に対して、ヒビヤくんは「はぁ……」と面倒くさそうに大きな溜め息をついた。

「だっておばさんにだってわかってもらうのにめちゃくちゃ時間かかったでしょ？　すごく急いでるんだから、だったら一人で行った方がいいかなって思ってもしょうがないと思わない？」

「う……」

まったく以てその通りな言葉にあっという間に論破されてしまう。

もはや悔しがるどころか、「最近の小学生は、本当に頭いいな」と逆に感心してしまうほどだ。

「それに……」

「それになに？」

「それに信用してくれないならまだいいけど、変に邪魔されたりしたら堪ったもんじゃないもの。だって一刻も早く助けたいんだ」

ヒビヤくんの目は、こんなにも若いのにしっかりと前を見据え、頼もしさすら感じるほどだった。

だがしかし、その若さ故《ゆえ》の脆《もろ》さもたくさん内包している。

田舎から出てきたというヒビヤくんは、こちらの地理もわかっておらず、しかもお金も大して持っていないようだ。

さらに、生まれた目の能力も流石にまだ使いこなせてはいないだろうから、暴走でもしたら大変だろう。

「……それでもやっぱり私ついていくよ。なんか心配だもん」

私がそう言うと、ヒビヤくんはピタッと足を止め、不信感を込めた目でこちらを見上げた。

どうもこういった目つきは苦手で、思わず変ににやけて誤魔化《ごまか》そうとしてしまう。

「おばさんが僕に協力するメリットってなに？　あの人達だってそうさ。なんで僕を助けようとしてくれるの？　そういうところが信用できないんだよ」

ヒビヤくんの言葉にはトゲがあったが、なんだかそこに愛《いと》おしさを感じてしまう。

その感情は、何故この子を放っておけないのかという理由を明確にするのに、もっともわかりやすいものだった。


「……お兄ちゃんそっくり」

「え？　なんか言った？」

「よ～し！　いいよ！　そういうことならこうしよう。私がヒビヤくんに協力して、もしその女の子を見つけることができたなら、ヒビヤくんは私のこと『おばさん』って言わない。あと『牛』って言わない。あと……ふ、ふと……『太ってる』って言わない……」

後半はちょっと自分でも言うのがキツい言葉だったため、尻窄《しりすぼ》みになってしまった。

あまり前半に気合いを入れるとろくなことがない。

「はぁ？　なにそれ。それがおばさんの『メリット』？」

「そ。私はそれが叶えばじゅ～ぶんっ！　あ、もしよかったら仲間になってくれたら嬉しいかも！」

私が腕を組み、自信たっぷりにそう言うと、ヒビヤくんは初めての笑顔を見せた。

「……変なの。じゃあ、もしおばさんがいても見つけられなかったら？　おばさんは何をしてくれるの？」

「ん〜そうだなぁ……じゃあ……」

どうしようか考えようかと思ったが、それはそんな必要すらない、簡単な問題だった。

私が思うそれを、そのまま伝えればいいだけのことなのだから。

『メカクシ団の皆ならなんと言うだろう』

ヒビヤくんの瞳を見つめ、はっきりと告げる。

「……見つかるまで、ずっと支えてあげる」

メカクシ団の皆はきっと、独りぼっちで悩むのがどれだけ辛いか知ってる。

私はそんな皆に助けられて、笑えるようになったんだ。

だったら次は私が誰かを支えてあげる番。

きっとそれがメカクシ団としての私の一番の重要任務なのだ。

「お、おばさんなに恥ずかしいこと言ってんの？」

ヒビヤくんはそう言うと顔を赤らめ、顔を背けた。

そして正直自分でもかなり恥ずかしいことを言った自覚があった私も、同じように顔を火照《ほて》らせ、少し俯く。

小学生相手に何を恥ずかしがっているのだろうか。


そんなことを思っていると、ヒビヤくんが途端にふらついた。

慌てて背中を支えると、ヒビヤくんはしっかりとバランスを持ちなおし頭を押さえる。

「あれ、なんだこれ。なんかフラフラする……」

「ど、どうしたの……あっ！」

ヒビヤくんの顔を覗き込むと、右目は手に隠れて見えなかったが、もう片方の左目が真っ赤に染まっていることに気がついた。

しまった。この目の色……間違いなくヒビヤくんの能力が発動してしまっている証拠だ。

今まで見たことのある能力にあまり周囲に大きい被害を与えるようなものはなかったが、

それぞれの能力はあまりに関連性がなさすぎて、今ヒビヤくんの発動している能力がどんなものなのか、私には予想することができなかった。

突然に訪れた急展開に、一気に恐怖心が煽られる。

ダメだ。さっき支えてあげるって言ったばかりじゃないか。しっかりしなくちゃ……！

「ヒビヤくん！　なんか身体におかしいところとかない⁉」

「う、うん。身体は大丈夫なんだけど……なんか変なものが見える。何だこれ、時計塔……？　なんか四階建てくらいの建物だ。学校……かな。運動部みたいな人たちが見える」


突然ヒビヤくんは中空を見つめ、どこかの場所の特徴を喋り出した。

そして、ヒビヤくんが特徴をあげればあげるほどに、それはある場所の特徴まさにそのままだということに気がつく。

「そ、それ私の通ってる学校のことだよね？」

「え⁉　ここが⁉　あ、ホントだ『如月桃』って書いてある下駄箱がある。ここは……職員室？　あ、『如月桃』地理のテストが……一点⁉」

「うわあああああ⁉　な、なんでヒビヤくんがそんなこと知ってるの⁉」

突然話題に挙げられた私のテスト結果は確かに、以前受けた地理のテストの結果に間違いなかった。

しかしなんでヒビヤくんがそれを知っているのか、赤くなった目、ヒビヤくんの言葉、流石に馬鹿な私でもこの能力の正体は容易に想像のつくものだった。

「せ、千里眼……？」

「……みたい」

目を見合わせた瞬間、ヒビヤくんの目から赤色が徐々に抜け、元の色に戻っていく。

「あ、あれ⁉　見えなくなった……なんで⁉」

「はぁ～……ホントなんでもありなんだな、この目って」

ヒビヤくんに生まれた能力は、どうやら遠くの景色を眺めることができる能力のようだ。

私の学校の特徴を的確に答えたうえに、しかも私のテストの点数まで見ることができるということは恐らく、ある程度自分で見たいものをコントロールできるような能力なのだろう。

「めちゃくちゃいいじゃんそれ……」

大人げもなくガックリと肩を落とす。

ヒビヤくんの能力は、きっと「手に入れたい能力ランキング」か何かがあったとしたら、間違いなく上位にランクインする能力だろう。

それに引き換え私の能力は……目立つ。とにかく目立つ。どうせならもうちょっと便利な能力がよかったと、生まれて初めてそんなことを考えた。


「え？　なに？　どういうこと⁉」

ヒビヤくんはオロオロとうろたえ、まったくなにもわかっていない様子だった。

それはそうだ。私だって最初のうちはそんな能力があることに、そもそも気づきさえもしなかったのだから。

「え、ええとね。わかりやすく言うと、ヒビヤくんは目が赤くなっている時だけ遠くのものを眺める能力を手に入れたってことだよ。……多分」

「赤い目……？」

「うん、さっきヒビヤくんの目、真っ赤になってたの」

ヒビヤくんは一瞬硬直し、その後今まで見たこともないような明るい顔になった。

「超能力かなにかってこと⁉」

「う、うん……多分そう」

正直私もこの能力の正体がわかっているわけでもないのだが、大方そういうことで、まぁ間違いはないだろう。

しかしヒビヤくんはなんでわざわざ私の学校なんて眺めたのだろう。一体何故……

「なんだかよくわからないけど、千里眼ってことは……これでヒヨリを見つけられる⁉」

ヒビヤくんの言葉でハッとなる。

そうだ。ヒビヤくんの能力は人探しにピッタリの能力じゃないか。

この力で、ヒヨリちゃんの居場所を探ることができれば……。

「そうだよヒビヤくん！　やったじゃん！　ほら、もう一度やってみなよ！」

「う、うん！　よぉ〜し。うおおおおお……みえろおおおお……」

ヒビヤくんはまるで某漫画の主人公さんが金髪になろうとしているかのように、構えをとって力み始めた。

「うおおおお……」

「うんうん！　頑張って……！」

「ぐぬううう……あああ……」

「その調子だよ！　ファイト！」

「ふううう……ぬおおおお……!!」

……三分くらい経っただろうか。

いまだ力み続けるヒビヤくんがなんだか不憫になってきてしまう。

「……まだ視えない？」

「うおおおお……ぜんっ……ぜんみえないいいいい……!!」

どうやらまだ能力が発動したてのせいなのか、やはり上手く使いこなせないようだ。

折角ヒビヤくんの望みを叶えるのにもってこいの能力が生まれたというのに、使えないのでは意味がない。

なんとかしてもう一度発動してくれればいいものの、集中力うんぬんでどうにかなる問題なのだろうか。

「う〜ん困ったねえ。もう一回発動してくれれば、なんか見えてきそうなのに……あ」

必死に力むヒビヤくんの真横を、ミニスカートをはいた女性が通り過ぎようとしたその瞬間。

吹き抜けた風がその女性のスカートを大きく揺らし、一瞬ヒビヤくんの視線がその女性に釘付けになる。

「あ！　なんか見えてきた！　さっきの女の人の……部屋？　写真がある。……あ、洗濯物の山が……っていったぁ⁉」

私が思い切りヒビヤくんの頭をぶん殴ると、真っ赤になっていたヒビヤくんの目から、スッと色が抜けていった。

「あのさぁ！　やる気あんの⁉　っていうか何その発動する条件！　スケベ心⁉」

「し、知らないよ！　勝手にそうなったんだから！」

「あぁ〜……『でも、助けるんだ』ねぇ。まぁ年頃だしね」

「違うんだって！　あぁ、もうホントわけわかんない……」

必死に弁解するヒビヤくんを他所《よそ》に、私の頭の中では、一つの仮説が立っていた。

いや、そうだとするなら状況は一瞬にして非常に悪くなってしまう。

「ねぇ、おばさん。どうやったらヒヨリのいるところ視れるの……？」

一度目にヒビヤくんの能力が現れたのは『私を見たとき』。その時は私の通う学校の全容を見ることができた。

二度目に能力が現れたのは女の人の……いや『女の人を見たとき』。この場合は女の人の部屋を覗く最悪な行為になった。

たった二回しか発動を確認できていないため、確実なことは言えないが、この二つの例を挙げた時に考えられるヒビヤくんの能力の内容は……

「ヒビヤくんが実際にその目で見た人に関係する場所を『視ること』ができる……？」

「え？　それってどういう……」


ヒビヤくんが私に疑問を投げかけようとしたその時、一台の車が私たちのすぐ側《そば》に停まり、短くクラクションを鳴らした。

振り向くと、その車に乗っていたのは、できればお休み中には一番会いたくない人だった。


「よぉ、如月。勉強してるか？」

「もうちょっと容赦のある挨拶してください先生……」

左ハンドルの車のウィンドウを開け、話しかけて来た楯山《たてやま》先生は、いつもと変わらぬおちゃらけた調子でタバコを咥えながらそう言った。

「お、おばさん、この人誰……？」

いきなりの変なおじさんの登場に、ヒビヤくんが若干警戒心を擡《もた》げる。

「あ、大丈夫大丈夫。この人私の学校の先生なの」

「へぇ、そうなんだ。なんか……ファンキーな人だね」

ヒビヤくんは、恐らくかなり差し障りのない言葉を探し、その中から一番都合のいい言葉を選んだのだろう。

が、ファンキーという言葉がそれほど褒め言葉には聞こえないのは、候補に挙がった先生を形容する言葉がもう既に、くたびれたものしか残っていなかったからであろう。

「お、如月なんだなんだ？　デートかおい。羨ましいねえ。結婚式には呼んでくれよ」

「いや、違いますって。ちょっとこの子の人探しを手伝ってあげてるんです」

それを聞いた先生はヒビヤくんをマジマジと眺めるとニカッと笑い、後部座席を親指で差した。

「なんなら、行きてえとこまで運んでくぜ？　俺ぁ運転はなかなかすげぇからよ」

「いや、先生！　大丈夫です！　この子そういう感じじゃないので！」

勢いに任せてとりあえず断ると、先生は見るからにショボンと落ち込んだ。

「なんだよなんだよ……お盆つったってどこに行くわけでもねえしよ……俺を一人にして楽しいのかよ……」

しょぼんとしただけでは飽き足らず、先生はかなり悪質なネガティブアピールをし始めた。

この年齢のおじさんのネガティブアピールほど、キツいものはない。


「あ、あの……」

私が溜め息をついていると、予想外にヒビヤくんが先生に話しかけ始めた。

「お？　なんだ坊主」

「えっと……駅前に公園があると思うんです、交差点のあたりの……もしよかったらそこまで連れて行って欲しいんですけど」

一瞬ヒビヤくんがなにを言っているのか理解できなかったが、先ほど、三回も話してくれた話の出発地点を思い出し、ヒビヤくんの考えに納得する。

「確かにそれはいいかもね……！　先生、やっぱりお願いできますか⁉」

先生はたいそう嬉しそうな表情を浮かべ、キリッと顔を作り直し、再び後部座席を指差した。

いや、正直この人はこの構えがやりたいだけなんじゃないだろうか。

「ふっ、しゃあねぇな。乗りな、ガキども」

「ヒビヤくんやっぱりタクシーで行こうか？」

「ああああああ！　悪かった！　乗ってくれよ頼むよ！」

がちゃりと後部座席のドアを開けると、タバコの匂いと芳香剤の匂いの混じった、車独特の空気が漂っていた。

車内に乗り込み、座席の奥へ詰めると、ヒビヤくんも続けて乗り込みドアを閉めた。

「じゃあすみません、先生。よろしくお願いします」

「おう。任せとけ。なぁ坊主、駅前の公園っつったら一カ所しか思い当たらねえんだが、とりあえずそこ向かっちまっていいか？」

「は、はい！　よろしくお願いします」

ギアを入れ、走り出した車の中はエアコンの稼働によりたいそう快適だ。

時計を見ると、時刻は大体午後二時になるところだった。

ヒビヤくんとはなんだかんだでもう六時間も話していることになるのだが、ヒビヤくんの能力の正体は未だ曖昧なままだった。

しかし、先ほど立てた仮説がもし仮に本当だとしたら、ヒビヤくんの能力は「人」ではなくて「場所」を見る能力だということになってしまう。

そうなった場合『ヒヨリちゃんの居場所を探る』ために『ヒヨリちゃんが必要になる』という、非常に厄介なことになる。

これでは、ヒビヤくんの能力でヒヨリちゃんを捜索することは、かなり困難になると言える。

それにしても『自分の能力の使用方法がわからない』というのは、随分と面倒くさいものだ。誰かと同じ能力なわけもないし、もちろん説明書があるわけでも、誰かが教えてくれるわけでもない。

本人にしか使い方がわからないというのは「腕はついてるのに腕の動かし方がわからない」と言っているのと似たようなものかもしれない。

それに引き換え私の能力なんて楽なものだ。

「人の目を集める」なんて能力、使い方も何もONとOFFだけなのだから。

ヒビヤくんは私みたいに能力に怯えることなく、私なんかよりもずっと複雑な能力を、ヒヨリちゃんを助けるために必死に使おうとしている。

どうしてもなんとかしてあげたいものだ。

これから向かう先の公園に何か発見があればよいのだが……。

ふと、ヒビヤくんの方を向くと、ギョッとする光景が飛び込んできた。

ヒビヤくんの目は赤く染まり、先生の座席シートの裏側を食い入るように見つめている。

一体なにが……と思い私も覗いてみると、まぁ、予想はしていたのだが、案の定スケベなグラビアが表紙の雑誌がシート裏のポケットに突っ込んであった。

刹那それを抜き取り、丸め、スパァン！　とヒビヤくんの頭に叩き付ける。

「いたぁっ！　って……うわ！　いや、違うんだ！　何となく目に入っちゃって！」

「な〜ん〜と〜な〜く〜？　思いっきりガン見してたでしょ!?　なに思いっきり悪用してんのさ！」

大声を出したところで、ハッと気がつき前方を見ると、バックミラー越しにこちらをニヤニヤ眺める先生の姿があった。

「おいおい如月。男ってのはなぁ。わかってても見ちまうときがあるんだよ……。エロ本の一冊や二冊に嫉妬してちゃあ、長い付き合いはできねえぜ？」

頭の中で状況を整理すると、途端に先生の言葉の意味が理解でき、顔から火が吹き出た。ヒビヤくんの能力を知らない人が端《はた》から見ると今の私は、横に座っている男の子がスケベな雑誌を少し眺めただけでギャーギャーと喚き散らす嫉妬女にしか見えないだろう。

「そ、そういう意味じゃないです！」

「あ～わかったわかった。俺もかみさんにゃあよく叱られたもんだ。その気持ちもわかるってもんよ」

「だあああああ!!　もういいです！　降ります！　降ろしてください！」

私が叫んだ直後、車はウィンカーを点《つ》け、側道に停車した。

「え？　あ、いやホントに停まっちゃう感じですか……？」

「はっはっは！　残念ながら目的地だ。まぁ続きは二人でやってくれや」

そう言われて窓の外を眺めると、そこには何の変哲もない、小振りな公園が現れていた。先ほどのヒビヤくんの話の舞台になったところとは、想像もつかないほど、何処にでもありそうな公園だ。

ここで、ヒヨリちゃんに繋がるなにかが見つかればよいのだが……。

ドアを開けてヒビヤくんが先に降り、続けて私も降りる。

私たちが車の方に向き直ると、先生はウィンドウを開け、タバコに火をつけた。

きっと私たちが降りるまで、我慢してくれていたのであろう。

「なんだか暇がつぶせてよかったぜ。とりあえずよくわからんが人探し頑張れよ。まぁ、如月は近々また補習で会うことになるんだがな」

「ぐええ……そうでした。ヨロシクオネガイシマス……」

「あ、ありがとうございます。えっと……あ、すみません。まだ名前も言っていませんでした。ヒビヤといいます」

ヒビヤくんがこの別れ際になって、いきなり自己紹介を始めるとそのタイミングが面白かったのか、先生はゲラゲラと笑い、それに返すように話し始めた。

「おう、俺は楯山ってんだ。またどっかでな。ヒビヤ」

そう言って先生はウィンドウを閉め、ひらひらと手を振ると、車を発進させ行ってしまった。

「はぁ。休みの日ぐらい補習のこと考えたくないんだけど思い出しちゃったなぁ……ってどうしたの？　ヒビヤくん」

「ん？　いや……あの人の名字どっかで聞いたような気がして……」

「ん～そんな多い名字じゃないし、最悪知り合いかもね？」

「さ、最悪って……」

ヒビヤくんは苦笑いすると、フッと気持ちを切り替えたように公園の中を見据えた。

「どう、ヒビヤくん。なんか視えそう？」

「そ、そんな急には無理だけど……やってみる」

ヒビヤくんは公園を凝視し、能力を発動させようと、集中し始めた。

休みだというのに不思議と子供のいないこの公園は、ヒビヤくんの身に起きた話を聞いた後だと、まるで訪れた子供達を飲み込んでいるかのようで、不気味に思えてしまう。

ヒビヤくんはその後も能力を発動しようとし続けたが、結局日が落ちてもヒヨリちゃんの姿を見つけることは、できなかった。

＊

蒼い夜空に浮かんだ大きな月は、丁度木々の隙間から全貌が見えるようなところで、ぼんやりと輝いていた。

公園のベンチに座り込むこと数時間。

あれから何時間も集中し続けたヒビヤくんが、すでに限界まで疲労困憊《こんぱい》しているのは目に見えて明らかだった。

結局能力の正体を掴むどころか、発動もできないまま体力だけすり減らしてしまっている現状が非常によくないということは、誰の目にみても明らかだろう。

「ね、ねぇ……ヒビヤくん、もう今日は大分遅いし、明日からまた頑張らない？」

「あぁ、別におばさんは帰ってもいいよ……僕一人でやってるから……」

「そういうわけにもいかないって！　だってもう、ヒビヤくんも限界じゃない？　一回ちゃんと休んでからの方が……」

言いかけたところで、ヒビヤくんは私を睨みつけた。

それは昨日初めて会った時に見た、憎しみの籠った、酷く冷たい瞳だった。

「ひっ……」

ヒビヤくんの壮絶な気迫に負け、何も言えなくなってしまう。

そうだ、今この一分一秒にヒヨリちゃんの命がかかっている中で、ヒビヤくんが「休む」なんて言うはずがない。

ヒビヤくんは再び顔を伏せ、地面を見つめ集中を続ける。

何もできずに、私がただその姿を眺めていると、ヒビヤくんの足元にポタポタと雫《しずく》が落ち始める。

それがなんなのか、理解しようとするまでもなく、胸が強く締め付けられた。

「もうなんなんだよ……！　こんな能力、なんの役にも立たないじゃないか……！」

ヒビヤくんのその涙に、かける言葉が見つからない。

役に立たないのは私の方だ。支えてあげるなんて偉そうなこと言ってなんにも……

そう思った瞬間、私の瞳にまで涙が溜まり始めた。

それはすぐに決壊して、静かに頬を伝って零れていく。

ふいにヒビヤくんが立ち上がり、公園の出口に向かい歩き始めた。

「ど、どこに行くの⁉」

泣いているのがバレてしまうほどしゃがれた声でそう呼びかけるも、ヒビヤくんは構わず、公園の出口に進もうとする。

堪らず立ち上がり、ヒビヤくんの手を握ると、その手が小さく震えていることに気がつく。

「もう、こんなのに頼ってたんじゃ一生見つからないよ。このまま探しに行った方が、ずっと早い」

「こんな時間からじゃ無理だって、それなら明日、皆も誘って探しに行こう？　ね？」

私がそう言った途端、ヒビヤくんは私の手を乱暴に払った。

「だから……そんなの信用できないって言ってるだろ⁉　この能力だってもう信じられないよ……」

ヒビヤくんは再び歩き出そうとするも。ぴたりと足を止めた。

そこから数歩だけ歩き、公園内に落ちていた何かを拾い上げる。

それはヒビヤくんのベストに入っていた紙袋と同じものだった。

「ヒヨリの買ったやつだ……」

そう呟いた途端、ヒビヤくんは地面に膝をついた。

「ヒビヤくん⁉」

近くまで駆け寄るも、もうヒビヤくんは完全に憔悴《しょうすい》しきっていた。

「しっかりして？　一緒に頑張ろうよ……ね？」

「もしかしたら、僕なんかじゃもうダメなんじゃないのかな……ヒヨリが……ヒヨリが生きてるのかすら……」

「……だめだよッ!!」

それは、一番言ってはいけない言葉だ。

誰かが生きてると信じてあげないと、探し出してあげないと、人は本当に消えていってしまうかもしれない。ずっと昔から信じていることだ。

「そんな……そんなこと言っちゃダメだよ……諦めちゃダメだよ……！　私……ヒビヤくんのこと信じるから……！」

「じゃ、じゃあ、どうしたらいいんだよ！　ヒヨリはもうここにいないんだ……それじゃあ『視ること』だってできない」

そう、確かにそうだ。結局『人の姿』を見ないと意味のない能力なら、ヒヨリちゃん本人がここにいないと意味がない。

じゃあ、どうしたらいいのだろうか……。

「……ちがう」

刹那、頭の中にあった一つの違和感が鈍く輝き始める。

何故もっと早く気がつかなかったのだろうか、こんなにもわかりやすいことだったのに。

「……ねぇヒビヤくん。先生の車にあったその……エッチな本見てたときってなにが『視えた』？」

ヒビヤくんはいきなりの質問に一瞬硬直するも、素直に答え始めた。

「あの時って……だからあの時は能力なんて使ってないよ⁉　その……たまたまアレが目に入っただけだって言ったじゃん」

先ほどから頭の中で組み立て始めていた仮説が、一転『真実』としての姿を成し始める。

ヒビヤくんは間違いなく、あの時能力を発動していた。

だが、ヒビヤくんは能力を使っていないと言っているということは、『能力を使ったうえで何も視ていない』ということだ。

「もしかしたら、いけるかも……！」

「は⁉　どういうこと⁉」

「ねぇ、ヒビヤくんが『人』を見た時に視えていたのって『場所』だよね？　でもヒビヤくんが『本』を見たときは『何も視えなかった』」

私の話にヒビヤくんはいまいちよくわからないという様子で首を傾《かし》げる。

「だからね。これだけ頑張って能力が発動しないのにあの時あの『本』を見た時にヒビヤくんの目、赤くなったんだよ。だから能力自体は発動していたんだと思う」

「でも、『何も視えなかった』って……」

「いや、もしかしたら『視えて』たのかもしれないよ。ねぇ、こうは考えられないかな？『人』で『場所』が視れるなら、『物』を見た時ってさ」

「……『持ち主』？」


そう、もしヒビヤくんの能力が『物』を見た時その『持ち主』を視ることができる能力だとしたら、あの時、ヒビヤくんの視界には、運転する先生の姿が『視えて』いた。つまり能力なしでも見える位置にいる人だから『視えなかった』と勘違いしたのではないだろうか。


「ぜんぜんただの仮説だけど、もしこれが本当だったとしたらさ……」

ヒビヤくんは私の言葉の意味がわかったのか、手にしていたヒヨリちゃんの落とした紙袋を握りしめた。


「……やってみる」

ヒビヤくんが紙袋を開けると、中から出てきたのは、髪留め用のゴムバンドだった。

「なんだよ、僕のやつより安そうじゃないか」

そういってヒビヤくんは手元に集中を始める。

もし先ほどの仮説が正しいのだとしたら、これでヒヨリちゃんの姿が見つけ出せるはずだ。

しかし、中々ヒビヤくんは能力を発動させることができず、ゆっくりと時間が過ぎ始める。

「おばさん……なんか集中できない……」

ヒビヤくんの目は虚ろで、今にも倒れてしまいそうだ。

当然だ。昨日から今日までで、どれだけのストレスを抱え込んだというのだろう。

やはりここは明日にした方が……。

いや……多分ダメだ。

ヒビヤくんは今私が「帰ろう」と言ったところで、絶対に応じたりしない。

せめて私の能力で手伝えることが何かあればいいのだが。

……そういえば今日、ずっと何かを忘れている気がする。一体なんだっただろう。

自分の能力に関係する何かとんでもなく重要なことなのだが……。

「あああ！」

「うわっ！なんだよおばさん急に……」

「わ、私、一人で出歩けてる⁉」

「え？　いや、僕もいたじゃん……」

「や、やったあああああ‼　制御できたってことだよね⁉」

「なんなの……？」


冷たい眼差しで私を見つめるヒビヤくんの隣で、私は自身の大成長をおおいに喜んだ。

今まで憧れ続けた普通の生活を、いよいよ手に入れることができるのだ。ここで喜ばずして、いつ喜ぶのか。

そして、それとともにもう一つ。

身につけていた自分の「能力」の使い方を思い出した。


「いや～はは。ごめんごめん、でも思い出したんだ。私にも手伝えること」

「おばさんにもできること……？」

「うんその髪留め、ちょっと貸してくれる？」

ヒビヤくんから髪留めを預かり、立ち上がって、ヒビヤくんと少し距離をとる。

「……一体何しようとしてるの」

「いいから、しっかり見つめて？」

髪留めを持った右手を上にあげ、目を瞑って集中する。

この髪留め一点に、視線を集めるのだ。

そう、デパートでやった時のように、ヒビヤくんのために、フルパワーの全力で！

力を込め、パッと目を開くと、私たちのいる公園は、なぜだか先ほどより光り輝いているようだった。

「おばさんすごいよ、光が集まってきて……なんかアイドルみたい」

「そうでしょ。一曲歌ってあげてもいいよ？　ちゃんと見つけられたらね」

目を真っ赤に輝かせたヒビヤくんは「やってやるさ！」と大きな声で叫んだ。

見つかったら、もう「おばさん」なんて呼ばせないんだからな。

そんなことを考えながら上を見上げると、お月様がマジマジとこちらを見つめているような気がして、ステージ慣れしない新人アイドルの私は、なんだか無性に恥ずかしい気持ちになるのだった。

カゲロウデイズⅣ

「君。お〜い。君ったら」

「聞こえてますって……なんですか」

「そっか。やっぱりその子、君が気に入ったんだね」

「そうみたいで……でもやっぱりくやしいです」

「その気持ちもわかるよ。でも前にも言ったよね」

「え？」

「君の『目』と外にいる人たちの『目』で視えてくる物がある。だからきっと大丈夫って」

「そういえばそうでしたね。忘れるところでした」

「だから言ったでしょ？　忘れないでとも」

「それは覚えています」

「そう。ならもう言うことはないよ」

「……そうだ。一つ聞いてもいいですか？」

「うん。大丈夫だけど」

「他の人の『目』っていうのはどうやって探せばいいんでしょう……」

「あぁ、それなら簡単だよ。きっとわかりやすすぎるくらい、真っ赤な色をしているから」

「真っ赤か……僕もそうなるんですかね？」

「もちろん。かっこいいね。ヒーローの色だよ」

「そうなれるといいんですけど……」

「大丈夫。自分を信じて？」

「はい。あ、そろそろですね」

「うん。気をつけて。『彼女』のこと、忘れたらダメだよ？」

「わかりました。すぐにきます。あぁ、すみません、最後にもう一つ」

「うん。なぁに？」

「あなたの赤いマフラーは、誰にとってのヒーローの色なんですか？」

「う～ん、誰のかなぁ。あ、そうだ、外の誰かに聞いてみてよ。多分答えてくれるから」

「そうですか。じゃあそろそろ、お別れみたいです」

「うん。またね……になるのかな？」

「そうします。絶対」

「うん。それじゃあ、また」

カイエンパンザマスト

お月様を真っ正面に望みながら、一歩一歩アジトを目指す。

「恥ずかしいんだけど。おば……じゃなくてモモ」

「しょうがないでしょ～？　ヒビヤくんがいきなり倒れるんだから。あと間違えたでしょ今」

「いや、いきなりは難しいんだって……！」

「四《し》の五《ご》の言わない！　私だって足痛いんだから。ほら、もう着くよ？」

公園からアジトまでの距離はかなりのものだった。

ヒビヤくんを背負って歩いた足は、もう次に座ったら使い物にならなくなるだろう。

「……僕の話みんな信じてくれると思う？　本当に協力してくれるかな……」

「まだ疑ってるの？　そりゃ信じてくれるよ！　だって私たち皆仲間でしょ？」

「い、いつからそうなったの⁉」

「ん～？　今日からだけど」

ヒビヤくんは大層《たいそう》困り果てていた。

それはそうだろう。昨日兄には啖呵《たんか》を切ったらしいし、コノハさんには散々暴言を吐いていたし。

挙げ句の果てに勝手にアジトを飛び出したのだから、キドさんも心配しているだろうし。


「あ～……まぁ、大丈夫大丈夫」

「い、今なんか微妙な言い方だったよね？」

「冗談だって！　あ～……上段かもしれないけど」

「突き⁉　突きが来るの⁉」


反応のいいヒビヤくんを可愛がっていると、いよいよアジトが見えてきた。

「お、ほ～らほらアジトが見えてきたよ～」

「う、うん……」

「あ、そうだ。皆に紹介する前にその能力、名前つけてあげないとね」

「え？　そういうもんなの？」

「そういうもんなのっ」

もちろんそんな決まりはないが、皆なんだかんだで名前をつけているし、あった方がなんだか気持ちがいい気がするのだ。

「ヒビヤくんのは遠くをこう眺める力だから～……う～ん……」

「……目を『凝らす』っていうのは？」

「え？」

「いや、目を『凝らす』って使ってる人がいないなら自分に合ってるかなって。なんかすごい力いるし」

「……私がつけたかった。別にかっこいいけど」

「いや、なんなの……？」

そうこうしているうちにアジトのドアが見えてきた。

今日のヒビヤくんと私の大活躍を、いよいよ皆に話すことになるのだ。

ドアの前でヒビヤくんを降ろし、勢いよくドアを開ける。

「ただいまです～！　モモとヒビヤくん今帰りまし……た……？」

アジトの居間の風景は、私が想像していたものの、斜め上をいく混沌《こんとん》さだった。

まずソファの上で、まるで登山家のような格好をしてグロッキーになっている兄が「あぁ……おかえり……」と蚊《か》の鳴くような声で言ったかと思うと、上半身裸のコノハさんが、こちらをボーッと見つめている。

マリーちゃんはそのコノハさんの上着に開いた巨大な穴をちくちくと縫っており、キドさんはというとなにやら古い手記のようなものをひたすらに読んでいた。

ハッとこちらに気づいたキドさんが、パタンと本を閉じて立ち上がり、目の前にまで歩み寄ってきてくれる。

「おぉ、一人で大丈夫だったのか如月。心配してたんだぞ？　お、ヒビヤも一緒だったのか、ちょうどいいところに帰ってきてくれた」

「あ、あの……団長さん？　こ、これって一体……？」

そう聞くとキドさんは悪ふざけ一切なしの真面目な表情で、部屋にいる全員にこう言い放った。

「キサラギも帰ってきたことだし、今この時より『カゲロウデイズ攻略作戦』を決行する！　各々準備を怠らぬように！」

「……え？」

「ね、ねぇ……モモ。僕は？」

一切の理解もできぬまま始まった、この『カゲロウデイズ攻略作戦』が、メカクシ団最後の作戦に。いや、メカクシ団のメンバーとともに過ごす最後の時間になるとは、その時の私は、当然、知る由もなかったのだった。

ニセがき

　みなさんこんにちは、この度、カゲロウデイズの三巻発売を祝うために筆を執《と》ることになりました、石風呂《いしぶろ》と申します。

　ご存知の方は「またコイツかよ……」程度に流していただければ構いませんし、ややあお前はいったい誰なんだ何者なんだ、という方は是《ぜ》が非《ひ》でも石風呂という名のボーカロイドクリエイターを何かしらの方法を使って調べてみてください。きっと幸せになれます。

　さて、前回はついにシンタローが伝説の剣「ファイナルエレメント」を手に取り、悪の組織「メカクシ団」第四百二十七支部団長のキドーンを撃破したところで物語が終わっていましたが、まさか今回でまたもやカシワ学園に舞台が移るとはじんさんもニクい演出をしなさる……！

　エネネとモモモ、そしてシンタローの三人が繰り広げる軽快な学園ラブコメもこの作品の醍醐味《だいごみ》だと言えるでしょう。

　そして物語中盤では、今まで怪しげな雰囲気を放ちながらも物語にはそこまで関わってこなかったカーノにもスポットが当たっているみたいで、これからの展開に目が離せません……！

みなさんはどうでしょうか？

ちなみに僕はまだ三巻の原稿を読めていません。ごめんなさい。

本当にギリギリまで作業していたうえに、僕は僕でまったく別の作業に追われていたので読むヒマがなかったのです。僕もギリギリです。

内容に関しては、実際書店に並んで自分で購入するまでは読まずに楽しみにとっておこうかなと思いまして、さらっと目を通す、何てこともしていません。

ちなみに先ほど書き連ねた内容は、カゲロウデイズとは本当に無関係です。気を悪くされた方がもしいたのなら申し訳ありません。

じんさん、最後になりましたが三巻発売おめでとうございます！

いつもいつもじんさんの作品には楽しませていただいているので、今回もまたワクワクさせてくれるのだろうと信じています。

拙《つたな》い文章を読んでくれたみなさま、ありがとうございました。何か機会があればどこかでお会いしましょう、それでは！

石風呂

あとがき　目に余る話

じんです。

『カゲロウデイズⅢ -the children reason-』いかがだったでしょうか。

相変わらず舞台は夏。今巻は新キャラとか新しい展開にフューチャーした巻になりました。

ところでこの三巻の発売というのは、実は第一巻の発売からちょうど一年とかになるのですが、
いやいや、当時なんかよりも遥《はる》かに過酷《かこく》なスケジュールでした。

こんな感じのことといっつも書いていると「また時間なかったとか言ってんのかよこのクソムシが」とか言われてしまいそうですが、なんか巻を追うごとに難易度が上がってます。タスケテください。

もう時間があまりにギリギリすぎて、正直ここ数日風呂とトイレに行く以外は部屋に引き籠《こも》ってました。

この部屋も執筆開始時点ではいい匂いのするきれいな部屋だったのですが、いつの間に

やら大量の弁当ゴミとペットボトルの山が出現し、現在このあとがきも彼らに囲まれて書いています。

あぁ……これが終わると彼らともお別れ。

事務所の方に無惨《むざん》にも片付けられてしまうのです（自分でやれよ）。

絶望的な状況で執筆を続ける僕に「元気出してぇや」と声をかけてくれたのは、ゴミだけでした。

ありがとう、さよなら。

こんなギリギリ作業を続けていると、出前を取ったりする機会も多々あるのですが、あれはキツいです。

チャイムが鳴って僕が玄関を開けると、皆一様《みないちよう》に「あっ……（察し）」みたいな顔をします。

不健康そうなジャージの男が現れたら当然ですよね。死にたいです。

さらに二日連続で頼んで二日連続で同じ人なんか来た日には最悪です。

僕「（お金払いながら）あ、あぁ〜……いやぁ毎日すみませんね。僕も自宅作業が多くてうんたらかんたら」

女店員「そ、そうなんですね……はは……じゃあ、失礼します（バタン）」
僕「……食べるか（独り）」
こんなのばっかりです。
これには堪《た》えます。
流石《さすが》に寂しいです。一枚のピザ一人で喰うのマジで寂しいです。

と、いうことでこの執筆が終わったら何処かに遊びに行きます！
もうしばらく休んでいないので、ちょっとくらい大丈夫でしょう。
行くなら田舎がいいです。僕はド田舎の出身なんで、都会は非常に疲れるのです。
そしてあわよくば旅行先の田舎で、こう可愛《かわい》い女の子と仲良くなりたいです。
いや、神様そろそろホントにチャンスをください。そろそろ僕も怒りますよ（真顔）。

それにしても編集さんが突然家に現れ、
編集さん「三巻いついつだから」
俺「ひょえ〜〜〜！」
なんて展開になったときは遺書《いしょ》の準備も考えましたが、なんとか乗り越えられてほっとしている。

これだけ頑張ったのです。

おそらく次の小説執筆期間まではまだかなり余裕があると思うので、ちょっとのんびりとしたいと思います。

いやいや、流石にすぐさま四巻を書き始めろなんてことは言われないでしょう。ちょっとくらいは大丈夫ですよ。

編集さんもそこまで鬼ではありませんし、きっと今頃のんびりバカンスでも……。

おや、誰かが来たようです。こんな遅くに誰でしょうか。

なんだかやけに嫌な予感がします。

とりあえず今巻はこの辺で。また次巻でお会いしましょう。ではでは。

じん（自然の敵P）

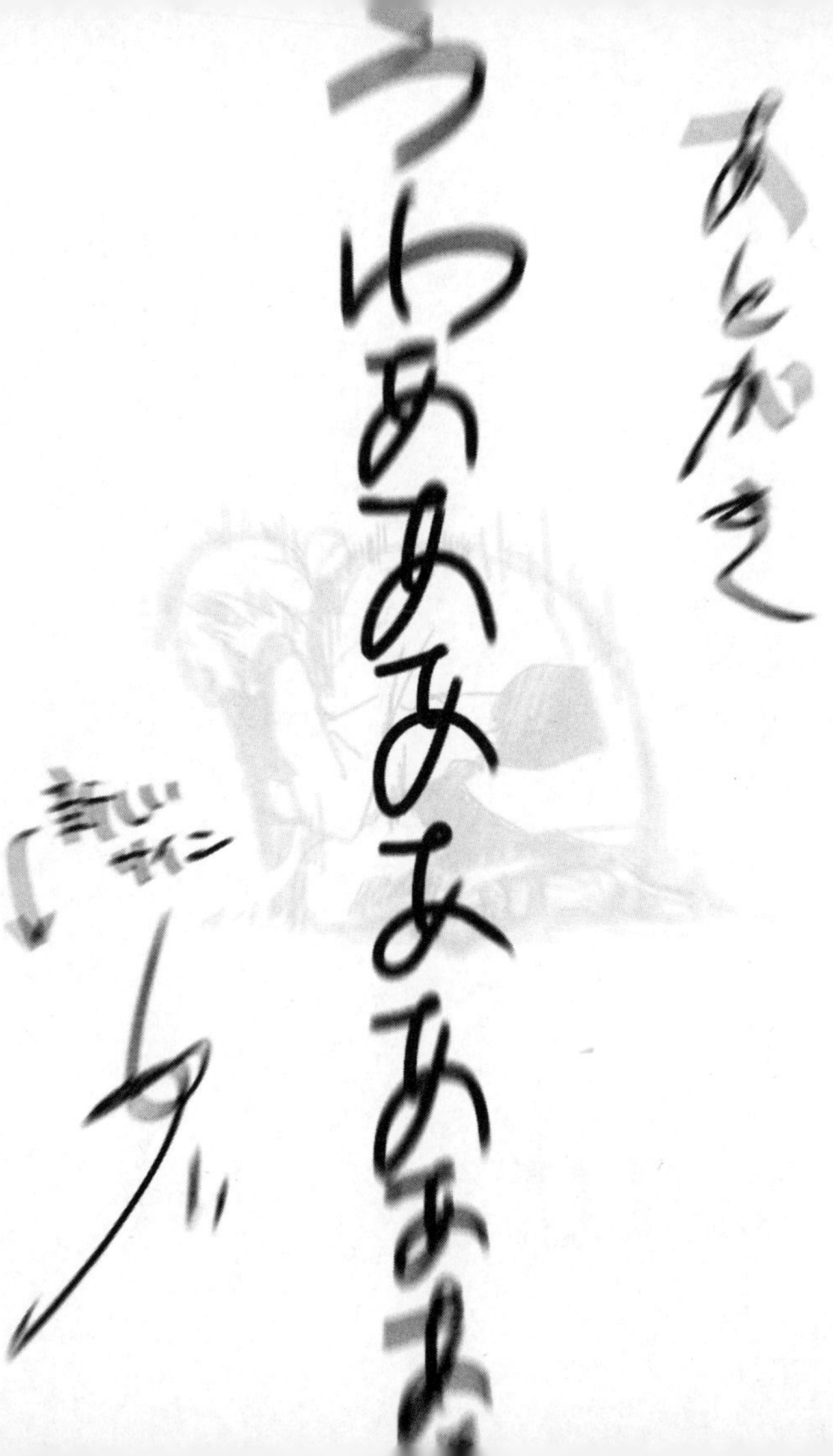
うわあああああああ

3巻カバーラフ

本文挿絵１ラフ

本文挿絵２ラフ

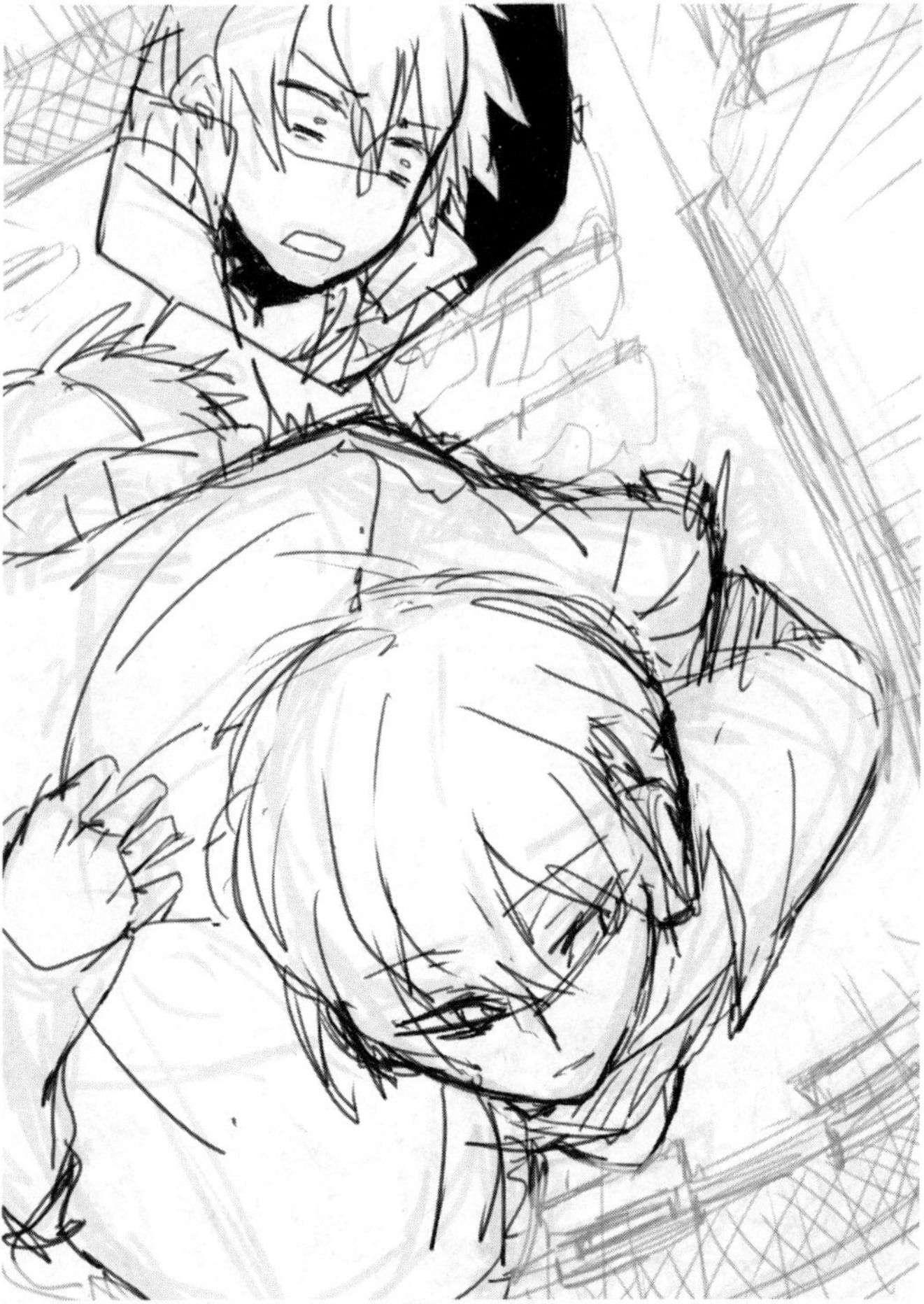

本文挿絵３ラフ

本文挿絵４ラフ

本文挿絵 5 ラフ

初期案

採用

本文挿絵7ラフ

本文挿絵 8 ラフ

本文挿絵 6 ラフ

キャラ設定画より「幼少期のカノ」

キャラ設定画より「幼少期のセト」

キャラ設定画より「幼少期のキド」

キャラ設定画より「コノハ初期キャラデザイン案」

KCG文庫

カゲロウデイズⅢ
-the children reason-

2013年6月11日　初版発行
2014年2月28日　第六刷発行

著　者　じん(自然《しぜん》の敵《てき》P)
発行人　青柳昌行
編集人　青柳昌行
発　行　株式会社 KADOKAWA
〒102-8177 東京都千代田区富士見2-13-3
TEL 03-3238-8521(営業)
http://www.kadokawa.co.jp/
企画・制作　エンターブレイン
〒102-8431 東京都千代田区三番町6-1
TEL 0570-060-555(ナビダイヤル)
編　集　KCG文庫編集部
印刷所　暁印刷
製本所　BBC

●本書の内容・不良交換についてのお問い合わせ
エンターブレイン・カスタマーサポート　TEL 0570-060-555
(受付時間 土日祝日を除く 12:00～17:00)
メールアドレス support@ml.enterbrain.co.jp
(メールの場合は、商品名をご明記ください)

定価はカバーに表示してあります。

Printed in Japan
ISBN 978-4-04-728944-4　C0193　し-1 1-3

先輩とひとつになりたい!!　七色の声音で
ボイスドラマを演じるあの人に憧れてます☆

第三校舎のオルフェウス

宮城野はこね（みやぎのはこね）
イラスト：のん

nterbrain Entertainment Awards

第16回 エンターブレインえんため大賞

作品募集中!!

主催：株式会社エンターブレイン
後援・協賛：学校法人 東放学園

2次選考通過者に評価シート送付！
※発送はすべての選考が終了した後になります。

【応募受付締切】
2014年4月30日
（当日消印有効）

【応募資格】
年齢・性別・国籍は問いません。
【選考】
森好正(eb! 取締役)、ビーズログ文庫編集部
【入賞発表】
2014年8月以降発売のエンターブレイン刊行各雑誌。及び弊社ホームページ。

表彰・賞金

【大賞】(1名)
正賞および副賞賞金100万円

【優秀賞】
正賞および副賞賞金50万円

【東放学園特別賞】
正賞および副賞賞金5万円

※東放学園特別賞は学校法人東放学園の在校生および卒業生の応募作品の中からもっとも優れた作品に与えられるものです。

●お問い合わせ先
エンターブレイン　カスタマーサポート
（ナビダイヤル）0570-060-555
●受付時間
正午～午後5時（祝日を除く月～金）
support@ml.enterbrain.co.jp

※えんため大賞にご応募いただく際にご提供いただいた個人情報につきましては、弊社のプライバシーポリシー（URL http://www.enterbrain.co.jp/）の定めるところにより、取り扱わせていただきます。

【応募規定】ガールズノベルズ部門

1） パソコン、ワープロ等で原稿を作成し、下記のふたつの方法で応募することができます。

A：プリントアウトでの応募。
A4用紙横使用。タテ組、40字詰め34行80～130枚で印刷。必ず1行目には「作品タイトル」、2行目には「氏名／ペンネーム」を明記のうえ原稿1枚毎にページ番号を記入。右上端をダブルクリップなどでとめてください。

B：データでの応募。
ウィンドウズで読み込み可能なフロッピーディスク、あるいはCD-ROMにテキスト形式で応募原稿のデータファイルのみを保存してください。原稿データの1行目には「作品タイトル」、2行目には「氏名／ペンネーム」を忘れずに記入してください。ディスクには必ずラベルを貼り、「応募作品のタイトル、氏名／ペンネーム」を明記してください。なお、編集部でデータを開く際に「郵送中の事故による媒体の破損やフォーマットの違いなどでデータが開かない」「明らかに原稿の改行が乱れていたり、文字化けがある」「テキスト以外の形式で保存してある」場合は、応募作品としてエントリーされません。確実を期する場合は、プリントアウトで応募してください。

2） いずれの応募の際にも、作品の梗概(800字以内)、エントリー表として以下の項目(タイトル／氏名※ペンネームの場合は本名も併記／生年月日／郵便番号、住所／電話番号／メールアドレス／職業／執筆歴／小説賞への応募歴)を記入したものを必ずプリントアウトして添付してください。※手書きでも可

3） 手書き原稿での応募は不可とします。

4） 応募作品は、日本語で記述された応募者自身の創作による未発表の作品に限りますが、応募者自身が作品の削除・修正等が可能な非営利目的のウェブサイトでの公開については、未発表作品とみなします。ただし、応募の際には、該当する「サイト名」・「URL」・「公開期間」を明記のうえ、本賞への応募期間中(投稿～結果発表まで)は、当該作品の掲載を取りやめてください。
なお、入賞作品については、株式会社エンターブレインが、作品の出版(電子書籍、CD-ROM等の電子メディアを含む)、映像化、公衆送信(インターネットでの配布、販売)等に関する独占的権利を取得できるものとし、賞金の支払い時に契約を締結します。

※選考に関してのお問い合わせ・質問には一切応じかねます。
※応募作品の返却はいたしません。

【応募方法＆宛先】 原則として郵便に限ります。

〒102-8431　東京都千代田区三番町6-1　(株)エンターブレイン
第16回 エンターブレインえんため大賞
ガールズノベルズ部門係

詳しくは公式サイトをチェック↓↓↓↓

http://www.enterbrain.co.jp/entertainment/